BIBLIOTHÈQUE

DE L'ÉCOLE

DES HAUTES ÉTUDES

PUBLIÉE SOUS LES AUSPICES

DU MINISTÈRE DE L'INSTRUCTION PUBLIQUE

SCIENCES HISTORIQUES ET PHILOLOGIQUES

CENT-SOIXANTE-CINQUIÈME FASCICULE

ÉTUDES TIRONIENNES. — COMMENTAIRE SUR LA VIᵉ ÉGLOGUE DE VIRGILE,
TIRÉ D'UN MANUSCRIT DE CHARTRES,
AVEC DIVERS APPENDICES ET UN FAC-SIMILÉ
PAR PAUL LEGENDRE
ÉLÈVE DIPLÔMÉ DE L'ÉCOLE DES HAUTES ÉTUDES, PROFESSEUR AU LYCÉE MICHELET

PARIS

LIBRAIRIE HONORÉ CHAMPION, ÉDITEUR
5, QUAI MALAQUAIS
1907

ÉTUDES TIRONIENNES

ÉTUDES TIRONIENNES

COMMENTAIRE

SUR LA VIe ÉGLOGUE DE VIRGILE

TIRÉ D'UN MANUSCRIT DE CHARTRES

AVEC

DIVERS APPENDICES ET UN FAC-SIMILÉ

PAR

Paul LEGENDRE

ÉLÈVE DIPLÔMÉ DE L'ÉCOLE DES HAUTES ÉTUDES, PROFESSEUR AU LYCÉE MICHELET

PARIS

LIBRAIRIE HONORÉ CHAMPION, ÉDITEUR

5, QUAI MALAQUAIS

1907

Sur l'avis de M. CHATELAIN, directeur-adjoint des conférences de philologie latine, et de MM. L. HAVET et A. JACOB, commissaires responsables, le présent mémoire a valu à M. Paul LEGENDRE le titre d'Élève diplômé de la Section d'histoire et de philologie de l'École pratique des Hautes Études.

Paris, le 7 janvier 1906.

Le Directeur de la Conférence,
Signé : E. CHATELAIN.

Les Commissaires responsables,
Signé : L. HAVET.
A. JACOB.

Le Président de la Section,
Signé : G. MONOD.

TABLE DES MATIÈRES

İNTRODUCTİON

BIBLIOTHÈQUE DE CHARTRES, MS. 13.

Ce manuscrit, du ixᵉ siècle, (provenant de l'abbaye de Saint-Père, près Chartres), contient, en 131 feuillets de 2 colonnes, les *Commentaria sancti Hieronymi in Abdiam et Matthaeum*, et, avant ces *Commentaria*, huit feuillets d'un Commentaire ou plutôt d'un fragment de commentaire des Bucoliques de Virgile, dont le texte est mélangé de très nombreuses notes tironiennes. Fort maltraité par le temps, le premier feuillet est presque indéchiffrable, surtout en son recto ; les autres feuillets peuvent se lire.

Chaque page contient de 70 à 87 lignes, très rapprochées par conséquent puisque le manuscrit n'a que 320 mm. de hauteur sur 205 de largeur. Chaque ligne renferme en moyenne de 20 à 35 mots, abrégés ou non. Or ces huit feuillets ne donnent le commentaire que de l'églogue V (folios 1, 2 et 3), de l'églogue VI (folios 4, 5, 6 et 7 jusqu'au milieu du verso), de l'églogue VII, vers 1-28 (folios 7 verso, et 8). C'est dire que ce commentaire est d'une abondance tout à fait extraordinaire, plus grande que dans aucun des manuscrits de Servius les plus étendus. Le ms. 13 présente d'ailleurs souvent, en termes identiques ou plus ou moins modifiés, le texte de Servius (tel que le donne l'édition Albert Lion (¹); mais il y ajoute beaucoup de réflexions philosophiques, littéraires ou grammaticales et d'éclaircissements mythologiques. Il s'en distingue surtout, même à première vue, par le procédé et le plan de l'explication verbale du texte de Virgile.

L'auteur de cet interminable commentaire use des demandes et des réponses pour analyser chaque phrase, en chercher la

(1) Le Servius de l'édition Thilo et Hagen présente beaucoup moins de ressem-blance avec notre ms.

« construction ». (Ex. : 6 ʀ. 31, page 27, l. 36 ; 6 v. 22, page 32, l. 7), détacher nettement chaque mot, en indiquant sa fonction au moyen de l'interrogation qui amène ce mot comme réponse. On serait tenté de voir là la préparation ou le résumé d'une « classe », d'une explication d'auteur faite à des élèves, que le pronom « vos », souvent répété (Ex. : 4 v. 31, 71 p. 9, l. 34 ; 5 ʀ. 55 p. 18, l. 8), semble évoquer d'ailleurs. Il est certain que ces formes d'exposition et d'enseignement sont fréquentes chez les grammairiens de tout le moyen âge ; il y a néanmoins, dans le ms 13, un emploi de ces procédés plus constant, plus métho-dique que dans aucun autre texte connu de ce genre.

Et l'on se demande si l'on n'a pas là l'écho d'une leçon sur Virgile professée dans l'une des écoles fondées par Charlemagne. A ce titre il serait intéressant d'y voir comment on entendait alors une explication de Virgile et curieux d'y constater que, si on laisse de côté les redites fastidieuses, les erreurs d'analyse et de grammaire, les naïvetés d'interprétation, il y a là pourtant le même souci de clarté et d'exactitude que dans nos « éditions savantes » modernes.

L'auteur a vu les manuscrits (v. 4 ʀ. 49, p. 5, l. 3 ; 4 v. 54, p. 11, l. 22 ; 6 ʀ. 22, p. 27, l. 11 ; 7 v. 1, p. 39, l. 29) ; et même de « très anciens » manuscrits (4 ʀ. 49, p. 5, l. 3) ; il a lu les « tractatores » (4 ʀ. 51, p. 5, l. 8) et les « expositores » (6 ʀ. 27, p. 27, l. 24 ; 7 v. 3, p. 39, l. 34) qui l'avaient précédé. Il recherche les questions de syntaxe et consulte Priscien, (4 v. 3, 8, p. 7, l. 21 et p. 8, l. 1 ; 6 ʀ. 37, p. 28, l. 13) — sans le nommer ; il ne néglige pas celles de morphologie (4 v. 24, 35, p. 9, l. 13 et p. 10, l. 9) ; de prosodie et de métrique (6 ʀ. 51, p. 29, l. 22 ; 5 v. 62, p. 24, l. 34). Pour adopter un meilleur plan d'explication, il expose souvent la fable à laquelle Virgile fait allusion, avant de pénétrer dans le texte (5 v. 14, p. 21, l. 23 ; 7 ʀ. 5, 44, p. 35, l. 31 et p. 38, l. 12). S'il y a deux façons de construire les mots ou de comprendre, il les donne avec autant de détail (4 v. 73, 74, p. 13, l. 3 sqq.) et ne conclut pas toujours, (4 ʀ. 52, p. 5, l. 12-14) laissant quelque initiative à son lecteur.

Est-il besoin de synonymes ? Il en accumule, — grâce à No-nius Marcellus assez souvent, — avec une largesse que Rabelais n'atteindra pas. Une fois même il va jusqu'à donner le sens d'un mot dont il a usé lui-même, après Servius. Celui-ci lui fournit des rapprochements avec d'autres auteurs : il se garde bien d'en omettre un seul. Une digression, une grande parenthèse (4 v.

17, p. 8, l. 29) lui semble-t-elle utile ou simplement possible ? Il semble accepter cette occasion de s'instruire ou d'instruire avec une ardeur digne d'être comparée à celle qui animera les humanistes de la Renaissance.

Et certes, il peut faire honneur à la renaissance carolingienne, ce commentaire où l'on trouve, au moins en germe, les soucis modernes d'explication documentée et scrupuleuse. Tant il est vrai que, si nous allons aujourd'hui plus vite et plus loin sur les chemins littéraires, ce sont pourtant les mêmes routes sur lesquelles avançaient pas à pas nos pères, moins bien servis par l'époque et le milieu où ils vivaient, d'autant plus dignes d'éloge par suite pour avoir déjà montré la voie et indiqué le but.

NOTA

Les mots en italique sont ceux qui sont abrégés en notes tironiennes dans le ms.

Les parenthèses ont servi à indiquer soit les mots ajoutés au-dessus des lignes par le scribe, soit les syllabes ou les mots qu'il a omis, soit quelques indications nécessaires à la compréhension du texte.

Les termes mis entre guillemets sont les termes mêmes de l'églogue VI.

ABRÉVIATIONS

K. Kopp, *Palaeographia critica*, t. II.

S. C. N. T., Schmitz, *Commentarii notarum tironianarum*, les chiffres indiquant la planche et le numéro de la note.

FRAGMENT

D'UN

COMMENTAIRE SUR LES BUCOLIQUES

COMMENTAIRE DE L'ÉGLOGUE VI

(Folios 4, 5, 6, 7 jusqu'à la ligne 26 du f° 7 verso.)

Folio 4 recto, l. 10 (Les neuf premières lignes sont très peu lisibles.)

Vg. Buc. VI, 1-2. — *Neque* verecundata *est habitare, habitare silvas ; ut* retro : « *Atque humiles habitare* casas (¹). » *Quid ? silvas. Quis ? prima* Talia ; *prima vult igitur fuisse vel prima post* Teocritum *ut habitarit silvas* || ... aliae *quae* Romanae. « *Neque erubuit habitare,* » *in eo ipso ut supra* : « *dignata est ludere* Siracosio *versu.* » *Per* « *silvas* » bucolica, *ut a parte totum ; silvae autem pastores, pecora...* || ... *per hoc totum* bucolica, *vel per silvas, vel* metonomice, (au-dessus : bucolica, *ut a parte totum) ut ab eo quod continetur continens, id est a silvis* bucolica. *Igitur* « *neque erubuit habitare silvas* », *neque* vere(cundata est) *habitare silvas* || ... lica ; *ad sensum : neque verecundata est* imitari Teocritum *et scribere* buco(lica), *sic ut protulit : Loquitur velut* majus *essel in manu et inde descenderet ad* minus. *Prima non erubuit committere se silvis* || *id est*

---

(1) *Egl.* II, 29.

ante quam aliae post Teocritum ; *sed dignata.est cum* Siracusio
versu, id est cum Teocritino *versu, quia sequitur* Teo (critum)
in carmine bucolico, Bucolica « *Ludere* », *id est scribere. In
quo significat se* || *post* Teo(critum) bucolica *scripsisse primum.
Nam « nostra Talia », id est Romana Musa, cujus Roma Musa
post* Teocritum *fuit prima in carmine* bucolico.

v. 3-4. « *Vellit.* » *Quis ?* Cinthius. *Quid ? aurem* || « *Cum
canerem.* » *Quid ? reges. Et quid ?* praelia. « *Cum canerem,* »
cum modularer, *cum meditarer, cum dicerem.* « *Cum,* » *adverbium temporis.* « *Reges,* » *imperatores.* « Praelia, » *bella.
Volunt quidam eum scribere* Eneida *et ea*... || *et inde « cum
canerem reges et* praelia. » *Quidam* Albanorum *reges et* praelia,
id est gesta Albanorum, *et ea reliquisse pro nominum* asperitate,
quasi territus *sit eis. Quidam* Squillam... || *scribere, in quo
libro Nisi et* Minois, *regis* Cretensium, *bella. Quidam* civilia
bella. Quidam Theistis traguoediam *et aut* Aeneida *coepta*(m)
dimisisse aut Alba(norum) *gesta, aut* Scyl-||lam, *aut* civilia
bella, aut traguoediam. Hinc « *cum canerem* |*reges et* praelia. »
Et inde « dignata est neque erubuit », quasi hoc majus *esset in
manu, et de eo descenderet ad* minus, *id est de*||superiori *ad
inferiorem* (?) *locum.* « Cinthius *aurem* vellit ». « Cinthius »,
Apollo, *a* Cintho *monte* Deli, *in quo natus est ipse.* « *Aurem,* »
auriculam. « *Vellit,* » movit, *ut in alio :* || « Limina perrumpit
postesque *a cardine* vellit Aeratos (¹). » « Cinthius » *sumitur
appellativus* (?) *pro proprio. Quaeritur cur dicat aurem* vul-
sisse. *Cur ? quod ea apud* (?) gentiles *sit Memoriae*|| dicata.
Secundum gentiles auris Memoriae dicata, ut frons Genio,
digiti Minervae, genua *Misericordiae* (litt. *Miseriae*). Genius (²)
apud gentiles deus ..... *vim-que rerum* gignendarum ....
.... || *vim-que* gignen(darum) *rerum vel a* gignendis
illis ; unde et apud eos geniales lecti (?) .... *qui* sterne-
bantur novo marito. *Tamen, ut* Plinius (³), *in auribus memoria ;
quem sequentes quidam,* || *dum subigunt* (?) *sensus defectionem,*
vellunt *aures, quasi* recuperetur *eis sensus. Erat auris Memoriae* dicata, *vel in aure memoria ; propterea poeta :* « Cinthius
aurem vellit. » *Cur* Cinthius ? *Quod*|| ... *Musis* ... primus.
Quare Cinthius *aurem* vellit ? *Quia supra dignata est neque
erubuit, id est ut sit quare coeptum* omiserit.

---

(1) *Enéide*, II, 480.
(2) Cf. *Festus*, éd. Müller, p. 95.
(3) *Hist. nat.*, XI, 251 : « in aure ima memoriae locus ».

v. 4-5. *Quid postea égit?* « *Et* ammonuit. » *Quem?* (ou peut-
être *quemnam?*) *pastorem.* || *Quis?* Cinth(ius). « Ammonuit, »
evigilavit, excitavit (litt.-*verit*), *adhortatus est* (au-dessus :
ador-). « *Pastorem,* » *pecudum custodem.* Allegoricos *Virgilium*
(*quid* ammo...? exponcliié). *Igitur* vellit *aurem Virgilii* Cinthius
et appellat Virgilium : || « *Tityre, oportet pascere.* » *Quid?*
pinguis ovis. *Oportet « dicerc. » Quid? « deductum carmen.* »
Dialiton, en quid ammonuerit quid-que dixerit. Quis? Cinthius.
Dum vellit *aurem, hoc ait, hoc admonuit.* || O *Tityre,* allego
(ricos) : *o Virgili.* « *Oportet,* » *convenit,* expedit, *necesse est,
congruum est.* « *Pascere,* » *nutrire, alere. Quid?* pinguis *oves;*
pinguis *non ut essent pinguis,* || *sed ut sint pinguis, id est ut*
pinguescant, figurate id est in *proprie.* « *Pascere,* » *hic ut in*
tertia egloga [1] : « *Vitulam lectori pascite vestro,* » *vel*
« *pascite* taurum » « *Oportet dicere,* » *id est canere, sicut :* ||
« *Ego dicere versus...* [2] » *Quid?* « *deductum carmen,* » *id est*
tenue carmen; « *deductum,* » *translatione facta a* lana *quae*
deducitur in tenuitatem *vel* carpendo *vel* filando ; *de* lana *enim*
translatio facta || *ad carmen; unde quod inproprie dictio.*
Excusat (ajouté en clair au-dessus) *se dat-que rationem cur,*
cum caneret reges et praelia, *dimiserit ea.* Ait *dixisse sibi*
Cinthium : « *Pinguis oportet ovis pascere, deductum dicere*
carmen » || *ac sui magis hoc necesse esse hoc-que debere*
fore quam reges eorum-que praelia; *nam supra, si quaeritur*
quorum praelia, *dicendum : regum. Per « pinguis pascere*
oportet oves, deductum dicere carmen » || bucolicum *car-*
men; quod oporteat esse, quoniam « pinguis pascere opor-
tere ovis » est dicere : « bucolica *oportet esse. »* Pascuntur
enim oves (correction de ovis?) ..... *ut pasco in utraque*
sui sit significatione, dum scribimus bucolica ; || *Vel « pin-*
guis pascere oportet oves, » id est oportet buco(lica) *esse;*
quasi pascantur *oves, id est* pastus *tribuitur eis dum scri-*
bimus bu(colica), *velut ea eis* pastus, *vel, ut* quidam, « *pas-*
cere » || *et* cetera « *pascere, »* scribere, componere, *et per*
oves bucolica, *ut a parte totum. Sic-que oportet* buc(olica)
esse, ut pinguescant *oves; nam per oves* bucolica, *per*
pingu(is) || *pinguia, non ut sint ea* pinguia, *sed ut* pingues-
cant. *Quid? oves.* « *Deductum dicere,...* » *id est tenuatum*
canere carmen, id est bucolicum. *Poematum tria genera :*

(1) v. 85 et 86.
(2) *Bucol.,* V, 2.

tenue, mediocre, || grandilo(quens?) *sunt* (?). *Tenue* buco(licům)
carmen. Secundum vos efexegesis *hic, ut* sit : « *deductum
dicere carmen* » *quid?* « *pinguis pascere oportet vos. oves,
o Tityre* »; « *pinguis pascere oportet oves* », id est « *deduc-
tum dicere carmen* »; || *si non erit, quaeritur, cum per*
« *pinguis pascere oves* » buco(lica), *cur iterum repetat ipsum.
Vel ut manifestius sit quid admoneat, vel pro majori fide et
confirmatione admonitionis, quasi* citius moneatur admoni-
tum, || *vel est* efexegesis.

    v. 6-8. « *Nunc ego* » *et cetera usque* : « *non injussa* cano ; »
sed iste ordo : « *Nunc ego meditabor.* » *Quid?* « agres(tem) *musam.* » *Qualiter? cum* « tenui arundine. » « *Namque tibi* » *et*
cetera *per* parenthesi(n) *dicta.* || « *Nunc ego meditabor.* » Cinthio
*loquitur poeta secum-que quasi loquatur ei : nunc ego, admo-
nitione facta quia secum... oportet atque* judicatur · *magis
necesse esse, meditabor* (au-dessus : *ita . . . . . . videris* (?) *deo*)
id est modula || bor, canam, *reboabo. Quid?* « *agrestem mu-
sam,* » *id est* rusticum *carmen. Cum* tenui arundine, gracili
canna, *per quod totum* modulabor bucolica, || *ut a parte totum.*
(*Supererunt* exponctué.) *Nam-que super tibi erunt, hoc* temesis,
quia supererunt una dictio, sed ea (au-dess. : . . . .) *per*
temesin *prolata.* « *Super-erunt* », o « Vare », restabunt, *rema-
nebunt, || reliqui erunt,* habundabunt. *Qui?* « *qui cupiant di-
cere,* » *qui* velint, *qui desiderent, optent,* ambiant. *Canere quid?*
« *tuas laudes,* » *gloriam,* decora, *virtutes, facta, gesta. Et quid
aliud?* « *Et* condere, » || *id est componere; nam in condita jam
composita. Quid?* « *tristia bella.* » « Tristia, » epite(ton) *perpe-
tuum* (litt. *proprium*) *bellorum ; nam omne bellum triste, neque
delectatio in bello aut laetitia.* Apostrofa, *nisi dicatur* || *quod sit
fictio ita* : « *Nunc ego, o Vare, meditabor.* » *Quid? agrestem
musam, cum* te(nui) harun(dine), *et cetera per se; quod convenit et videtur esse ; secundum quod* nequit apostrofa *fore.
Tamen* « *nunc ego,* » || *si loculus fuerit* Apollini, *erat* apostrofa
procul dubio, sed, ut dixi, fatur Varo. Varus *iste qui* Germanos
*vicit, unde magnam gloriam et pecuniam consecutus est, per
quem meruit || Virgilius plurima ; ergo non ad eum Virgilius
sine causa. Cujus in laudibus quasi esset Virgilius, et inde
excusat se cur reliquit coeptum et venit* (?) *ad carmen* buco-
(licum). *Sed opponitur quomodo, cum non iste rex, licet non
iste rex, || in istius et regum laudibus, dum iste* mixtus *regibus.
Sed ad istum modo Virgilius, quasi causa ejus caneret reges et
praelia, ostendendo in quo esset ante* bucolica. *Quam quidam* ||

judicant *primam* buco(lici) *carminis* eglogam, *eo quod sit in hac* .
« *prima* Siracus(io) » *et reliqua, id est eo quod loquitur in ista
ita. Sed ómnes* antiquissi(mi) *codices habent eam scriptam,
neque* memini *me* aliter || *vidisse. Est ea scripta et loquitur in
ea* qualiter *se* initium *habuerit carminis* bucolici. *Quod bene et
sine reprehensione potest esse; etiam poterat in fine tantum
poetae* (?) velle. *Non enim* || *est dicenda prima, quanquam sit in
ea ita, cum et tractatores habeant eam scriptam et omnes
veterrimi codices ; sed est qualiter inicium* bucolici *carminis
et ea scripta.*

v. 9-11. « *Non injussa* », litotes *figura* ; « *non injussa* ca(no),
|| *ergo* jussa cano. *A quo, nisi* a Cinthio ? *Sed quidam vel a*
Cinthio *vel a* Varo *vel a* (aj. au-dessus) Mecenate. *Ego tamen a*
Cinthio *video.* « *Jussa* », imperata, *injuncta* (ajouté en clair
au-dessus) || *imposita.* « Cano », modulor, *reboo, resono. Unde
cernitur quod haec* egloga *non* bu(colici) *carminis* initium *cum
dicat* cano ; *nam hoc in futuras nihil carminis* bu(colici), ||
sed sit ratio. « *Tamen si quis haec quoque.* » *Quid subauditur ?
haec vel carmina, pro* (au-dess. : *hac* egloga) *scripsit, vel
bucolica, sed magis carmina pro hujus* egloge *carminibus.
Iterum subaudiatur* « *haec quoque.* » « *Leget* » rustica, *sicut
Teocriti* || .... leget (?) « *captus amore.* » « Captus, » aprehensus,
de-tentus. « *Leget* » omnes *percurret.* « *Si quis,* » bis, *vel quod
subauditur, post* « quoque », « *leget* » rustica, *sicut* Teocriti, *vel
pro majori effectu rationis aut* || *confirmatione. Tamen quidquid
sit* (?) *post* « quoque » *erit conjunctione ea subauditio. Nunc
ergo* (?) *vero* (?) « *haec tamen si quis leget, haec quoque si quis
captus amore* » bis « *leget,* » *sed in scripto semel habendum ;
vel,* « *si quis* » (au-dess. : quis) bis *ut unum* || *ad eum qui non
captus amore, alterum ad amorem* (pour -re ?) captum. « *Canet,* »
(au-dessus : -ere ?) ovare. *Quem ? te. Quae ? nostrae* myricae.
« *Canet te* » quis ? omne nemus. *Per* « nostrae » *subauditur*
« *nostrum* » dialiton || *et* sylempsis. *Quid sint* myricae *est mani-
feste jam, sicut quid* nemus : *per* myricas *et* nemora, *bucolica.
Igitur est dicere :* « *si quis tamen haec quoque* » et cetera, « *si
quis leget haec* rustica, || *id est* bucolica, *nam* bucolica rustica.
Cum ex rebus et causis* rusticis *ea fuerit dignatus legere, inveniet tuas in eis,* o Vare, *laudes esse. Utrum* « *captus amore
leget,* » || *an non captus amore ? per quod, quocumque modo
legere dignatus fuerit haec* rustica, *tuas in eis inveniet laudes
esse. Quare hoc ? ut* demulceat *sive praeparet* (?) *in se* Varum
magis || *neque sit illi grave si non sit* in coepto *opere ante.*

v. 11-12. « *Nec est*... » *Cui ?* « Phoebo ». *Quis ?* « *ulla*
pagina ». *Quae ?* « gratior *quam* » *ea. Quae ?* « *quae* perscripsit. »
Quid ? « *nomen* ». *Cujus ?* « Vari ».|| *Cui* praescripsit ? « *sibi* » ;
sibi, ad paginam. « Pho(ebo) », Apollini. « *Gratior, amabilior,*
hilarior, jucun(dior), *delectabilior.* « Ulla », *aliqua.* « Praes-
cripsit, *praenominavit, praelitulavit,* || praecaraxavit. « *Nomen* »,
proprium vocabulum. *Cujus sit proprium vocabulum est hic.*
Folia *lectori dicuntur sive a similitudine* foliorum *arborum,*
sive a follibus, *id est* pellibus ; *cujus partes sunt* pa ||ginae
dictae, nempe *quod* compaginent *sibi invicem. Nulla* pagina
hilarior, *amabilior* Apollin(i) *quam ea quae* praescripsit *sibi*
nomen Vari, *id est quam ea cujus* || titulus *nomen* Vari, *et quam*
ea quae gestat in titulo *nomen* Vari, *cujus* paginae titulus *est*
Varus, *et quae habet ejus nomen in* titulo ; *ea apta* Apollini *ut*
non sit ||gratior *ulla. Quare hoc ? pro duobus :* uno, *ut ostendat*
Varum *gratum* Apollini *ac amabilem velut sit nec gratior aut*
amabilior in quo non Vari *res* (?) *narratur, sed major ;*
|| *altero, ut sit in quem haec* egloga *et cujus in honore scripta*
sit. Nam in Varum *ejusque in honore* noscitur *haec* eg(loga)
scripta fore ; ecce ad quem et cujus in honore scripta sit haec
eglo(ga) ; || *ista* praescripsit *sibi nomen* Vari, *cum sit ficta in*
Varum *ejusque in honore. In* « praescribo » metaf(ora) *ab ani-*
mali ad inanimale ; animalis est scribere, non paginarum. ||
Quae cum (?) adeo *ingenti* favore *a Virgilio* recitata *ut, cum* eam
Citheris meretrix in teatro *recitasset* (au-dess. : recit-), *quam*
ille vocat Licoridem *in fine,* spectaret || *Cicero* stupefactus *et*
quaereret cujus esset, *cum* tandem *aliquando* agnovisset,
dixisse fertur (?) *ad ejus et suam laudem :* « *Maxima pars*
altera Romae (¹), » *de* Virgilio. *Quod postea ad* (ab pour ad) Asca
|| nium *transtulit* Virgilius. *Quidam* alle (goricos) *per* Cinthium
accipiunt Caesarem Aug(ustum), *ut Caesar* Augustus *vellerit*
aurem atque monuerit *pastorem, unde infra* allego(ricos) *jussa*
a Caesare Augusto volunt ; quod procul dubio || *tantum ut*
.... *per* Cinthius *Caesar Augustus,* (allego exponctué).
(ω renvoi au bas de la page v. page 7, ligne 18).

v. 13. « *Pergite,* Pierides. » « Pierides, *pergite,* » ite, *ambu-*
late vel venite. « Pierides » deae, *a* Pierio *vel* Piero *monte, quod*
patronomicum || *forma, quanquam non sensu. Imperat ut am-*
bulent, ut eant, *ut sint secum* Pierides *deae ; ubi* humiliat *se,*
ostendens quod instat *non posse implere* (?) *absque.* auxilio

---

(1) Serv. et les éd. de Virgile : Magnae spes altera Romae (En. XII, 168).

earum... *cum* (?) *est ad nos* || *certamen, aliquid instat de deo faciendum, id est ipse existimandus, nam imperativus frequenter et deprecativus. Secum* vult Pierides ire, *quoniam sic creditur quod instat bene posse esse. Per* quid ? *per carmina sequentia ;* || *unum in Virgilio* advertite quid ? *ubi* laetania ([1]), *quod non sequens res modica.*

v. 13-19. « *Videre* aggressi. » *Qui ?* « Chromis *et* Mnasillus *pueri.* » *Quid ?* « Silenum ». *Quem ?* « *jacentem* ». *Ubi ?* « *in* antro ». || *Quo jacentem ?* « somno ». *Vel* qualiter ? *cum* somno. *Quem jacentem ?* « inflatum ». *Quid ?* « venas ». *Qualiter ?* « *ut semper.* » *Unde ?* de « hesterno Hiaccho. » « Jacebant » *qui ?* « serta procul. » || *Quantum ?* « *tantum* delapsa ». *Cui ?* « *Capiti* ». « *Et pendebat* » *quis ?* « *gravis* cantarus ». *Qualiter ?* *cum* « attrita ansa. » • *Nam* luserat (au-dessus : *saepe*) *quis ?* « Silenus senex. • *Quid ?* ambo. » *Qualiter ?* cum « spe. » *Cujus ?* *carminis* ; || *ut* « *Nam saepe* » tendat *respicialque* : « Aggressi *videre* Chromis *et* Mnasillus. »

ω *sic per* Phoebum (au-dessus : *est) Caesar* Augustus.

Folio 4 verso, l. 3 (Les lignes 1 et 2 subsistent à peine).

v. 13-19. « Aggressi » *ipsum quod* « *videre* », *id est* Silenum. *Ut* retro, *ablativi junguntur* ([2]) *nominativis eorum-que obliquis, quando per eos aliquid accidere demonstratur eis qui significantur per nominativos* (au-dessus : *eorumque* obliquos) *ut* « gloriosus || *laude* » *gloriosus per laudem ;* « *amabilis munere* », *amabilis per munus ; sic* « *jacentem* somno », *jacentem per somnum.* « *Jacentem* », quiescentem, pausantem, cubantem. « *Somnus* » dormi || tus, *et ipsa dormitio* (au-dessus : *sive requies) somnum* (au-dess. : -nium) *quod fit in ea, id est* terrificationes. *Figurata haec locutio, unde quod non est necesse* « *cum* » *ponere.* « Inflatum venas » ; « inflatum », tumefactum || tumidum, turgidum, distentum. « Venas », fibras, poros, *ductus* (?) *sanguinis sive vias.* « Hesterno », *praeterito*, *transacto, alterius diei.* « Hiaccho », *vino ; est inventor pro invento* || Bacchus *altero nomine dicitur* Iacchus. « *Ut semper* », *ut ostendat non casu aut* eventu « inflatum venas hesterno Iacho », *sed consuetudine et* usu; *id est ut ostendat eum* ebrium *non* || *subito, sed sicut solebat erat-que ejus consuetudo ; nam in hoc* uno *versu nihil aliud nisi :* ebrium *ut semper.* « Inflatum

---

(1) Pour litania.

(2) Cf. *Priscien*, XVIII, v. Keil II, p. 221 (gloriosus laude seul figure dans Priscien).

venas », *figurate est locutus. Junguntur* (¹) *praeterea accusativi nominativis eorum-que* obliquis || *quando* |*quod accidit* parti *redditur* toti, *et totum profertur per nominativum aut ejus* obliquum, *juxta vero per accusativum.* « Inflatum venas » *est :* inflatas venas *habentem, sicut* || *fortem dextram*, fortem *habens dextram ;* celer *pedes* (²), celeres *habens pedes,* velox *cursu,* (espace laissé en blanc). *Sed* (esp. blanc) *sub-audiendum :* « *qui est* ». *Hinc* « inflatum venas », *habentem* inflatas venas ; || « *inflatus enim* venas » *est : qui est habens* inflatas venas ; « inflato venas » *: habenti* inflatas venas.

Invocat poeta Musas et hortatur *eas ad referendam* || Epicuream sectam. « Sectam », insecutionem, *electionem*, appetitionem, *quam* cantaverit Silenus *pueris* Chromidi *et* Mnasillo, *ut jam per* Chromin *vult accipi se,* || *per* Mnasillum Varum, Silenum Sironem. *Unde quod* allegoricos *hortatur Musas ad referendam* sectam epicuream *quam* didicit *Virgilius et* Varus, *docente* Sirone. || *Cui* adjungit *puellam ut ostendat perfectam* epicuream sectam, *quae nihil perfectum sine* voluptate *vult* esse.

v. 16. « Jacebant ». cubabant, quiesce (bant), *manebant, ad sensum : erant.* || « Serta », *coronae ; nam* serta *pluraliter proferuntur, sed aliquando unius coronae significatio, aliquando* plurium. « *Procul* », *nunc porro id est juxta.* « Delapsa » , decisa, devoluta,. provoluta. « Tantum », || *quantitatis adverbium, quia hic procul pro juxta. Posuit :* « *tantum* delapsa *capiti* » *ut ostenderet non longius* provolutam *esse* n coroam. « Serta » *sunt coronae poetarum de* floribus *et herba* factae. ||

v. 17. « *Et pendebat* » *quis?* « Gravis cantarus *cum* attri (ta) ans (a) ». « Cantarus, *vas vinarium.* « Gravis », *vel plenus vel* ponderosus. « *Grave* (³) » *autem est* gravidum ; « *grave* », fecundum « *grave* », || amarum ; « *grave* », grandaevum ; « *grave* », molestum ; « *grave* », *nocens ;* « *grave* », forte ; « *grave* », *utile ;* « *grave* », solidum ; « *grave* », *sapiens auctoritate ;* « *grave* », *necessarium ;* « *grave* », triste ; « *grave* », gravatum, afflictum. || *Hic* « gravis » *aut plenus aut* ponderosus ; *si ponderosus, ut demonstretur* vasis magnitudo ; *si plenus, ut significetur plenus* vino ; *aut hoc aut illud, ut* pateat *major* Sileni temulentia *nec non* || bibendi voluntas. « *Pendebat* » *non*

---

(1) Cf. *Priscien*, XVIII, 27, p. 220.

(2) On lirait plutôt *pedibus.* Un ex. de Priscien débute ainsi : Celer pedibus currit homo.

(3) *Nonius Marcellus*, p. 314-315.

naturaliter *significat, sed* manibus ; *non enim naturaliter pen-debat ut* poma, *sed* manibus suspensus *erat.* « Attrita ansa », « Attrita », usitata, || defricata, minorata, limata. *Quare* attrita ansa ? *pro* potus *frequentatione, ut* pateat *sit-que frequentatio* potus ; (au-dessus : *ideo posuit*) : « Attrita ansa » ; *unde sub-au-diendum, si vis:* || « attrita ansa, » *scilicet* frequenti potu. *Quare* attrita ansa ? *ut ejus* ebrietas *sit* notior *sive major ejus-que frequentatio bibendi quod totum ut* nimia *ejus* ebrietas || *osten-datur* consuetudinaria ; *hinc* « *ut semper* » supra *dixit.*

v. 18-19. « *Nam* luserat », cir(cum)venerat, fefellerat, *mentitus fuerat,* delusera(t). « *Saepe* », subinde. « *Senex* », vetulus. || « *Spe* », fiducia, *promissione,* pollicitatione. « *Carminis* », *poematis.* « *Ambo* », « *ambo* » *veluste, ut* retro(¹) : « Crateras *duo* » ; *modo quippe sub ipsa significatione* ambos *et duos* dicimus, sed iste || veluste ambo et duo protulit. Promiserat saepe facere (?) se carmina pueris, et fefellerat, mentitus fuerat,* circumvenerat *neque dederat ; inde* luserat *frequenter* || (esp. blanc, spe omis ?) fiducia, *promissa,* polli(citatio) *car-minis* ». *Promittendo quippe carmina, spe carminis, non dando* luserat *eos ambo. Quid aliud ? Promittendo et non dando* luserat. || *Vel aliter ordo ut* sit : « *Pergite,* Pierides », *per se, sine* « aggressi », *et postea ita :* « aggressi iniciunt ». *Qui ?* « Chromis *et* Mnasillus », *pueri. Si quaeritur cui, cui nisi* || Sileno ? « Vincula *ex ipsis* sertis ». « *Nam saepe* luserat » *quis ?* senex. *Quid ?* « *ambo* ». *Qualiter ?* « *spe* carminis ». « Aggressi » *ita ut supra in significatione ;* (au-dessus : « aggressi) iniciunt, || inmittunt, imponunt. Si quaeritur quem* aggressi, *dicendum :* Silenum ; *sicut si cui* iniciunt : Sileno. « Aggressi » *quid* « iniciunt »? « Vincula », ligamina. || *Unde ?* « *ex ipsis* sertis » ; *praepositio vero postposita, ut :* « Transtra *per et* remos (²) ». « *Ex* sertis », *id est ex ipsa corona fuerunt* vincula, *id est* ligamina ; *in quo* (esp. blanc) *id est* || « iniciunt *ipsis ex* vincula sertis », *nihil aliud nisi quia* ligant. *Causa quare* ligent : « *nam saepe* » et cetera. *Qui ordo vobis magis quam* alter.

v. 20. « Addit se sociam » quis ? « Aegle ». || « Addit, » *adjun-git, subdit,* annectit, adhibet. « *Sociam,* » parem, aequalem, conjunctam, sociatam, sodalem. *Et* « *supervenit* » *quibus ?* « *timidis.* » *Quis ?* Aegle. « Supervenit, » *super eos* || *venit. Unde quod ex* inproviso, *id est* subito. *Eis* « timidis, » *id est*

(1) *Eglogue* V, 68.
(2) *Enéide,* V, 663.

timentibus. *Timidus est qui semper timet ; timens, qui ex aliqua causa ad tempus* formidat. Timentibus || *vel quia* pueris naturaliter insitus *est timor, ex quo semper timentes* ; *nam* Cromis *et* Mnasillus *pueri* ; *vel timentibus ne* expergefieret Silenus *dum* ligabatur.

v. 21-22. Aegle *quae* « *pulcherrima* ». *Quarum* ? « Naiadum ». « *Et jam* (aj. au-dessus) pingit ». *Quis* ? « Egle », *quae* « *pulcherrima* ». *Quarum* ? « Naiadum ». *Nam veteres codices* « ia » *habent, sed* Isidorus « Naides » *dicit* (¹). Naiades, *vel* Naides, || *ut* Isidorus, *sunt deae maris. Quid* ? « *frontem* ». *Et quid aliud* ? « *tempora* ». *Unde* ? *de* « sanguineis moris ». *Çui* pingit ? « videnti ». « *Pulcherrima* » ; formosissima. « Na || iadum », *dearum maris.* « Aegle », *una dearum maris, sed* « *pulcherrima* » earum, *id est formosissima earum.* « *Videnti*, » vigilanti. « Sanguineis, » rubris, flavis. « Moris, » || fructibus. « Pingit, » *ornat,* variat, effigiat. « *Et jam* pingit, » *ornat. Cui?* vigilanti. *Non enim* coinquinat, *sed ornat ; nam* vigilanti *est. Quid* ? « *frontem et tempora.* » || *Haec duo* ornabat Egle vigilanti. *Unde* ? *de sanguineis* moris, *non ut sanguinem habeant* mora, *sed ut sint* sanguinei *coloris. Color est sanguineus, tamen non sanguis* in moris. || *Quare hoc* ? *quia* rubor diis *est* dicatus, *ut* gentiles ; *rubicundus color consecratus est* diis ; *unde et* triumphantes miniata facie *sunt, et* Juppiter in Capi || tolio *in* quadriga *sua* miniatus *est.* Silenus *procul dubio deus* ; *cujus frons et tempora, cum color* sanguineus *sit deis sacratus, qui ornatur de sanguineo* || *colore. En quare de sanguineis* moris. Mori *et est* fabula : Piramus *et* Tisbe, *ut* pulchri *forma, ita amore* juncti ; *quos* dividebat vicinus || *paries* (aj. en cl. au. d.), *eis-que subinde praestabat* colloquia ; *cum vero cresceret* amor, *ad cupiditatem* (au-dess. : cupidi-) *perficiendam statuere ut* noctu *exirent* (aj. en cl. au-dessus) *domo, et statuere* (aj. en clair au-dess.) *placitum* (?) *ad arborem* morum *ut* illic || *perficeretur amor* conceptus. *Sed primo* (ou *primitus* ?) *veniens* Thisbe *cum videret* leenam, *timuit mortem et, dum fugeret* vitans eam, *vestem reliquit* ; *in qua veste* leena exer || cuit *iram suam, et cruore* (aj. en clair au-dess.) *alicujus bestiae* infecit *vestem. Postea veniens* Piramus *et videns vestem,* estimavit Thisbe *mortuam esse et ejus amore interfecit se. Hinc veniens* Thisbe || *vidit* Piramum *mortuum et* amplexa *corpus* exanime *super*

---

(1) *Isidore, Orig.*, VIII, 2, 97, ne connaît que la forme *Naiades*. Notre auteur avait donc un manuscrit détestable.

etiam interfecit se. Cum quorum cruore infecta *arbor, quae antea* fructuosa albis || pomis, *gestat rubicunda* poma ; *nam* antea albis pomis fructuosa. Anadiplosis *est hic* « Aegle. » « Chromis *et* Mnasillus, » *ut* || *dixi, nomina* satyrorum, *et isti pueri* satyri. « Silenus, » *deus quem* introducit *Virgilius loquentem pro* Sirone, *quo docente tam ipse quam* Varus *didicit* (?) sectam epicuream. || *Ex quo* ante eglogam *hanc* : « Faunorum, Saty(rorum), Sile(norum) *delectatio*. ». *Nam* Fauni, Satiri, Sileni, dii, *ut dixi.* Satyri *ante quam* senescant, || *postquam* senescant, Sileni ; *Fauni, dum futura non signis, sed vocibus tribuunt. Apud* gentiles considebant *in* lucis *et eis non signis, sed vocibus dabant responsa ; unde* || *dicti* Fauni a fando, *vel* apo tes fones (ἀπὸ τῆς φώνης), *eo quod non signis, sed vocibus dent futura. Ex* Satyris *jam sum locutus. Igitur* Satiri *dum pueri ;* Sileni *dum* senes ; || Fauni *dum* in lucis *responsa dant vocibus. Quaeritur cur ante* eglogam : « Faunorum, Satirorum, Silenorum *delectatio;* » *quia* horum *negocium* (aj. en clair au-dess.) *et ratio. Quaeritur cur non* Varus ; || *quia non est ejus actio sive* negotium, *sed* Fau(norum), Saty(rorum), Sile(norum), *ad eum ejusque honorem, et quod sit* inferius *in quem cujusque in honorem sit haec* egloga : « *quam sibi quae* || Vari praescripsit pagina *nomen.* » *Non enim* recordor *me* « Varus » *vidisse, sed in antiquissimis codicibus aut :* « Fau(norum), Saty(rorum), Sile (norum) *delectatio, aut nihil, sed* in || *alterius* » *finem* « prima Siracusio » *et* celera. Praescripsit *haec nomen* Vari, *dum ad eum* initiata *ejusque honorem sit et completa* (?) *est* supra *dictorum « delectatio » negocium sive* || *ratio, ac illi* in initio *ponuntur. Non est* Vari, *sed alterius negocii ad eum ejusque honorem. Propterea non ipse et quod* inferius *sit quod in ejus honorem* scripta *haec* || egloga.

Quidam hoc non a Virgilio *dicunt* fictum, *sed a* Teopompo *translatum.* Is apprehensum Silenum Midae pastoribus *dicit* crapula || madentem soporatum *dolo* illos aggressos *dormientem* vinxisse ; *postea sponte* labentibus vinculis liberatum *et de* naturalibus || *rebus sive* antiquis Midae *interroganti* disputasse. *Quem* (au-dess. : Silenum) *quidam* Mercurii *filium, quidam* Panôs *et* nymphae, *quidam vero ex* guttis cruoris *caeli* || *natum* confirmant; *cujuscumque sit, deus est. Sic* Cromis *et* Mnasillus. *Per quem* Sironem, *sic per* Chromin Virgilium, *per* Mnasillum Varum. || *Nam* Siro utrius-*que magister* epicureae sectae.

v. 23. « *Ille* inquit *ridens dolum.* » *Quid?* « Quo vincula nec-

titis ? » *Ille dicit* irridens, *dispective* (?)(¹) *videns*, ridiculose *habens*.
(« Dolum » omis ?) *fraudem*, decep ‖ tionem, machinationem.
« *Quo ?* » *id est ad* quid, vel *ad quam rem*. « Vincula,» ligamina.
(« Nectitis, » omis ?) ligatis, conectitis, nodatis. *Ille* Silenus *ait*
irridens ‖ *fraudem* : « Quo vincula nectitis ? » *Non* ait : « Quo
me ligatis ? » *Quare ? quia* minus verecundum est : « Quo vincula nectitis ? » *et magis* verecundum : « *Quo me* ‖ ligatis ? »
Ergo, ut minus *esset, ait* : *Quo* vincula nectitis ? » *Tamen illi*
ligabant *eum ; hoc ipsum sane verecundum illi fuit proferre ;*
tamen prout potuit factum minuit ; ‖ *in quo ipse demonstrat se*
ligari*, ac* « *Quo* vincula nectitis ? » ait, *id est ad quid, vel ad*
quam rem. « *Quo,* » *adverbium interrogandi. Sequens namque*
versus demonstrat eum ligatum *esse :* « *Solvite* ‖ *me, pueri*. »

v. 24. O « *pueri, solvite me,* » *id est absolvite*, liberate,
disligate. » *Satis est potuisse videri*, » *sufficit, abundat*. « *Po-*
tuisse videri » mc. *Quid subaudilur ?* a vobis, *qui* ‖ estis *ho-*
mines ; quia potui videri ego a vobis qui estis homines. Sufficit,
abundat. Quod ideo quia emithei *ut* Fauni, Nymphae, Sileni,
dum volunt tantum videntur, dum nolunt minime ; ‖ *propterea*
isti (pour iste ?) : *sufficit, abundat voluisse videri me a vobis*
qui estis homines. Mutant namque se dii *in diversas species ut*
ipse in ultimo Georgicorum libro(²) : « *Tum* variae elu ‖ dent
species atque ora *ferarum : Fit* (³) *enim* (⁴) sus horridus atraque
tigris, » *et* cetera. Silenus *quippe :* O *pueri*, enodate *me ; sufficit,*
abundat potuisse ‖ *videri me a vobis qui estis homines ; vel*
aliter : *sufficit, abundat potuisse me vi leri talem ut etiam* ligari
possem. Sufficit, abundat quia visus *sum vobis* talis *ut etiam*
possim ligari.

v. 25. « *Cognoscite,* » ‖ *videte, cernite, comprehendite poe-*
mata. Quae ? ea quae optastis, *quae* ipetistis, *quae desideratis,*
quae cupitis. Vos tamen videte qualiter loquatur iste. « *Co-*
gnoscite, » ait. *Quare ? ut ostendat intelligenda, sapienda,* ‖
videnda carmina. Nam multa habentur suntque hominibus
quae non cognoscuntur, non intelliguntur, non videntur. Cur ?
quoniam aut vilia *sunt, aut non adhibemus videndi studium,*
vel non est posse. Iste ait : « *Cognoscite,* » *ac si dicat :* ‖ *ne sint*
vobis ut non videatis, non intelligatis, non sapiatis *ea, sed*

---

(1) Pour *despectire* (?).
(2) *Géorg.*, IV, 405 et 406.
(3) *Fit* au lieu de *fiet*.
(4) *Subito* est omis.

adhibete cognoscendi studium. *Sic se habent ea ; ubi laus carmini.*

v. 25-26. « *Carmina vobis.* » *Quaeritur cur bis* « *carmina* ». *Secundum vos,* ‖ in initio *carmina ea quae illi* petierant; *in fine non solum ea, verum etiam* altera. *Igitur* primo *carmina ob ea quae* petierant, *secundo propter altera; sed non est ita;* ‖ *carmina vobis in fine propter* Egle *et ad* eam. *Unde subaudiendum :* erunt, *et* utrumque *ex eis carminibus quae* petierant Chromis *et* Mnasillus. « *Carmina* ‖ *quae vultis* cognoscite, » *cognoscite carmina quae vultis. Erunt quibus?* « *vobis.* » *Quid?* « *carmina* ». *Erit cui?* « *huic aliud* mercedis » *Cui huic?* Egle. « *Aliud* mercedis, » *alia retributio,* ‖ *aliud meritum. Non erunt ei carmina :* « *vobis carmina,* » *illi* « *aliud.* » Qur alia? minatur nymphae latenter stuprum, *quod verecunde* ait *Virgilius; ideo tam* latenter ‖ *ante dixit. Haec omnia* de Sileno a Teopompo *in eo* libro *qui dicitur* Taumatia *sunt* conscripta. *Quod qui* plenius *vult* (?) *eum* (?) *legat. Nunc usque ad* Sile ‖ nus. *Unde* « incepit » ? « Quo vincula nectitis? » *Hinc* incepit « *Simul incipit ipse,* » *poeta* statim *inchoat ipse. Quis ipse?* Silenus. ‖ « *Ipse* » *ad* commendationem *et fidem* addidit.

v. 27-28. « *Tum vero videres ludere.* » *Quid?* « *Et* Faunos *et* feras. » *Qualiter?* « *in numerum.* » *Tum vero adspiceres,* « *videres* », *cerneres.* ‖ « *Ludere,* » saltare. *Quid?* « *Et* Faunos *et feras,* » *id est bestias. Qualiter?* « *in numerum,* » *id est in ordinem.*

Fol. 5 recto, ligne 1....... *vel ad certam* modulationem », *et* Fau(nos) *et feras, per ordinem. Enimvero canente* (S)ileno (*et* dii exponctué, *non solum* (?) dii, *sed etiam* (?) ‖ *ferae. Canebat in ordinem, in* modum rithmi *et* cantilenae, *vel ad* (ou *in?*) *certam* modulationem revera ; (au-dessus *ex quo* affirmetur (?) *optimus quippe* cantus *et* novus, *ad quem et deos et bestias cerneres* saltare ordine... ‖ hilaritas *tam magna ; nam* saltatio *non nisi libente* (?) (¹) *laetitia. (Affirmandi* adverbium, exponctué). « *Vero,* » *nomen pro adverbio, nisi ponatur conjunctio.* « *Tum,* » *subauditur* « *videres,* » motare. *Quid?* « quercus rigidas. » *Quid?* « cacu ‖ mina. » « *Rigidas,* » siccas, *duras,* inflexibiles. « Motare, » *frequenter* movere. Cacumina, fastigia, *summitates,* cimas. « *Tum,* » *id est canente* Sileno, *aspiceres quid?* « quercus rigidas » ‖ *frequenter* movere fastigia *cujus?* sua. *Sua quippe* quercus rigidae *saepe* movebant fastigia.

---

(1) On peut lire aussi bien : *intercedente.*

Quare hòc? ut assignet *hoc genus* saltationis *arboribus. Ità
profecto loquitur quasi hoc genus* sal‖tationis *fuerit in arboribus. Secundum quem* saltabant Fauni *et ferae*, Sileno *canente,
et* quercus rigidae *habebànt hoc genus* saltationis *in se :
movebant sua* cacumina *saepe. Quid* plura ?‖*Et* Fauni *et
ferae* saltabant, *et* quercus rigidae, Sileno *canente. Ubi species
pro genere, cum non* motaverit (pour -int) quercus rigidae
tantum cacumi(na), *sed arbores aliae ; dicit* quercus mo‖tasse,
et per eas vult accipi alias, *ut omnes arbores magnae* mota-
verint *et* rigidae cacumina, Sileno *canente. Quod credatur
vobis* hyperbolice, *sed* allegoricos : *per* Faunos modesti (?), ‖
sapientes et senes homines, nam Fauni, *ante quam* senescant,
Satyri ; *per feras* perversi *et* iracundi, *sive* insania *pleni ;
per* quercus rigidas *potentes, nobiles,* fortissimi *et domini* (?)‖
Sic non tantum hyperbolica *locutio.*

     v. 29-30. « *Nec gaudet* » (au-dessus : « *tantum* ») *quis ?*
« *Parnasia rupes* Phoebo. » « Rupes Parnasia, » rupes Parnasi.
Parnasus *mons est* Thessaliae *qui* gemino vertice (?)‖ conscendit
in caelum. Hic synedoche : rupes *pars* Parnasi *montis,* qua
a parte totus mons intelligitur · per synedochae. *Qui mons
consecratus est* Apollini, *et ipse* solitus *est* ‖ *in eo canere
saepissime. Igitur* « *nec tantum gaudet.* » Parnasus *mons*
Phoebo, *quid subauditur ? cànente ; vel nec tantum gaudet*
Parnasus *mons quo ? id est* Phoebo, *quid subauditur ? illo
canente, vel dum canit‖ipse* (esp. blanc). « *Nec tantum* (grand
espace blanc) *miratur* » *quis ?* « Rhodope » ; *et quis alter ?
et* Ismarus. » *Quid ?* ◁Orphea. » *Accusativus est enim graecus,*
at nos Orpheum. Rhodope *mons est* Traciae, ‖ *similiter et*
Ismarus ; uterque Orpheo *consecratus, in quibus* solitus *erat*
Orpheus modulari *frequentissime. Sed* « *nec tantum* » Parnasus *mons* « *gaudet* Phoebo, » *canente illo, vel dum canit
ipse* (?), ‖ « *nec tantum* » stupet, admiratur Rodope *et* Ismarus
Orpheum, *quid subauditur? eo canente, quantum laetatus*
(litt. : *laetus) est mundus canente* Sileno. *Nam per* Faunos,
feras et quercus, *totum vult* ‖ laetari *mundum canente* Sileno.
Ad sensum : non tantum gaudet, exultat, *laetatur,* · hilarat
Parnasus *mons* Phoebo *canente, nec tantum miratur* Rodope
et Ismarus Orpheo *canente* ‖ *quantum laetatus est mundus*
Sileno *canente. Tamen nunc* metafora, *nisi sit* metonomia ;
non nunc coequatio, *sed* praelatio. *Cujus in fine versus*
sinheresis.

     v. 31-34. « *Canebat namque* » *quis ?* Silenus ; ‖ « uti fuissent »

qui? coacta *semina* ». *Per quid? per magnum inane. Cujus*
« *fuissent?* » *et terrarum et animae et maris et simul* liquidi
ignis. (Ici un renvoi .·. répété onze lignes plus bas). *Ut* creverint,
sylempsis (au-dessus : et dialiton). *Qui?* « *exordia omnia* ». ǁ
Unde? ex his primis. « *Et* concreverit », *subaudilur* « *ut* ».·
Quis ? « *ipse* tener *orbis* ». *Cujus?* mundi. Poeta fatur ; *quid*
canebat Silenus ? *Hoc quoque et* sequens cecinit Silenus, *dum* ǁ
Fauni *et ferae et* rigidae quercus cacumina motavere ; *sed, ut*
dixi, poeta Sileni *loquitur* cantum. « *Namque* », *affirmandi*
adverbium. « *Canebat* », cantabat, modu (labatur), (esp. blanc)
meditabatur, ǁ reboabat. « *Uti* », *quemadmodum, quomodo,*
qualiter. « *Magnum* », summum, *infinitum* (?), vastum, *ingens.*
« *Per* », *praepositio ordine mulato.* « Inane », *spacium in quo*
sunt athomi. « *Coacta* », coadunata, *collecta*, adunata, ǁ juncta.
« *Semina* », athomi. « *Animae* », aeris. « Liquidi », puri (au-
dess. : *ignis*), *id est* aetherei. « *Simul* » una. « *Ut* » (au-dessus :
quemadmodum) ex « *his* » (deux ou trois mots à demi effacés :
athomis et inani ?) « *Exordia* », initia, *primitia* (?), primordia.
ǁ « Primis », principibus. « *Omnia* », *cuncta.* « *Ipse* tener *orbis* »;
recens factus. « Concreverit », coadunaverit, collegerit, infor-
maverit, *vel* coadunatus, ǁ collectus, *sive* informatus *sit.*

Philosophorum *diversa est* opinio *de rerum origine. Quidam*
volunt cuncta igni procreari, *ut* Anaxagoras, *quidam* humore,
ut Tales Milesius, ǁ *unde est :* « Oceanumque *patrem*([1]) »; *quidam*
quatuor elementis : *igne, aere, terra et aqua, ut* Amedocles
(p. Empedocles), *secundum quem* Lucretius ([2]) : « *Ex* imbri, (au-
dessus : *terra) atque* anima *nascuntur et* igni ». *Horum* (litt. :
-orum) *nihil* approbant ǁ Epicurei ; *sed dicunt duo* principia
rerum esse : corpus et inane. *Omne enim quod est aut continet*
aut continetur ; corpus volunt athomos, *id est* quasdam minu-
tissimas *partes quae* thomum([3]) ǁ *non recipiunt, id est* sectionem.
unde et athomi *dictae ;* ˙ (signe de renvoi reproduit deux lignes
plus loin) « *Inane* », *spacium in quo sunt* athomi. *Ex his*
itaque duobus principibus *dicunt haec quatuor* procreari, *ignem,*
aerem, *aquam, terram, et ex his* ǁ *cuncta; ut illa duo sint*
elementa, *et haec quatuor* synthela, *id est* composita *ex illis*
duobus, praestent omnibus aliis *originem rebus. Hac ratione*
approbant *ex* athomis *et* inani, *quod nihil in rerum* ǁ natura

(1) *Géorg.*, IV, 382.
(2) *Lucr.*, I, 715. Le texte exact est : Ex igni, terra atque anima procrescere e
imbri .
(3) Pour τομὴν.

quod non habeat corpus, et, quia est, recipit sectionem, indicat
etiam inanitatem. *Quos sequitur Virgilius* (¹) ∴   *quas·*Lucretius minutiores illis corpusculis ait ‖ *quae* videmus infusis per
fenestram radiis *solis* (²); *dicit enim illis nec visum* (litt. : *vissum*)
(faute probable du copiste, cf. quatorze lignes plus bas,¹⁴⁴ = illas
nec visum nec sectionem posse recipere) *posse recipere* ∴ (fin
du renvoi). *Igitur canebat* Silenus principium *mundi qualiter-que
inicium ejus habuerit se ; id est* canebat *quemadmodum* ‖ *per
magnum* inane, *id est per magnum spacium, ubi* athomi, coacta
semina, semina, athomos, *vel unde* (³) coactae athomi, *nam*
« *haec* athomus » *et* « hae athomi·» ‖ *dicimus ; quemadmodum
per magnum inane* canebat *fuissent et terrarum et animae, id
est* aeris *et maris et* liquidi *simul ignis*. Canebat plane *quemadmodum* collectae athomi *per magnum inane fuissent* ‖ *origo*
(*fuissent et* exponctué) *et terrarum et* aeris (*et maris* exponctué)
et aquae et puri *ignis, id est* aetherei, *quem Cicero* « ignitum
liquorem » *vocat;* Lucretius (-um corrigé en -us) : « Devolet *in
terram* liquidi *color* ‖ aureus *ignis* ». (⁴) Canebat *quemadmodum
ex his* principibus (au-dessus : principalibus), *id est ex his quatuor* elementis concreverint *omnia exordia ; nam, ut dixi, haec
quatuor ex duobus* primis ‖ *praestant aliis omnibus originem.
rebus, unde et* principalia.'*Igitur canebat quemadmodum* athomi
et inane *origo quatuor* elementorum, *id est quemadmodum a
duobus quatuor, iterum quemadmodum a quatuor omnia* exordia
‖ (au-dessus : Canebat *quemadmodum*) « *et ipse* concreverit tener
orbis *mundi,*» *a quibus ? a quatuor, quae a* duobus *praestant
originem rerum omnium.*« Tener *orbis,* » recens *factus* (au-dess.:
tener) *non ad id quod est, sed quod erat,* ‖ *id est quemadmodum* tener, *id est fiens* (?) (⁵) creverit.'« *Orbis,* » *a* rotunditate
circuli *dictus.* « *Mundi,* » *caeli et terrae. Igitur* synedochice
per circulum *dicit* extremitatem *caeli et terrae.* ‖ *Caelum et
terra, nam* retro « rupes Parnasia ». *Ergo et* canebat *quemadmodum* tenerum *caelum et terra* concreverit. *Nam* tenera collecta *sunt sive formata* utraque, *id est* ‖ recentia, novella. *Sed
hic* ysteroproteron : *primo debet recto ordine* orbis *esse, postea
vero ea quae sunt in orbe ; sed iste, mutato ordine*, ait *primo*

---

(1) Le passage « *Inane..... Virgilius* » doit être placé après le mot *ignis* de la
page 15, ligne 3. — « *Quas* Lucretius » fait suite à : « athomi *dictae* p. 15, l. 32 ».

(2) *Lucr.*, II, 114 sqq.

(3) Pour *ubi* ?

(4) *Lucr.*, VI, 204.

(5) V. *Diomède, Keil*, p. 358,14 et 381,6 (cf. *Charisius, Keil*, p. 251, 2).

ea quae sunt in orbe, || (cecinisse exponctué) *id est creaturas,*
postea orbem ; *hinc* ysteroproteron. « *Tum durare,* » *et* cetera.
Cur hoc ? Nonne jam omnia quae sunt in orbe et ipse orbis ?
Est videlicet quod duo prima, athomi || *et inane, et quod a duobus*
qualuor, quod-que a qualuor omnia quae sunt in orbe et ipse
orbis. Sed quidam dicit alias (au-dess. : « *tum,* » *id est) ut ipsa*
exordia sint materiae *ad informanda orbis cuncta secundum*
unius-cujus-que rei || *qualitatem, non ut omnia orbis, sed ut*
materia *a qualuor ad informanda orbis universa ; orbis vero*
mundi, secundum eum, ipse, de quo (?) *et mundus per ipsum*
factus est, id est ut caelum, terra et cetera cuncta intelligantur.
|| *Ad quod juxta vos* obstat *ille qui mutato ordine* ait *Virgilium*
dixisse primo ea quae sunt in orbe, postea orbem, cum debuerit
primo esse quae sunt in orbe, inde orbis ipse. Ergo duo prima,
a duobus quatuor, a quatuor || *omnia quae sunt in orbe et ipse*
orbis; sed duo principia : athomi *et inane.* Athomi *sunt quaedam*
particulae corporum *in mundo adeo* minutissimae *ut nec visui*
pateant nec tomum (p. τομήν) || *recipiant,* id est sectionem,
secundum philosophorum sectam. Hae *per inane totius mundi*
inrequietis motibus volitare *et* huc *atque illuc dicuntur ferri.*
Quae minutiores *sunt* || *quam quidam* minutissimi pulveres *quos*
infusis radiis *solis per* fenestram *videmus. Unde confirmant*
philosophi : *cuncta quae sunt in corpore, sunt in tempore, sunt*
et in numero ; in corpore sunt : || *ut* lapis, *verbi gratia, si lapi-*
dem dividas in partes, partes in grana harenae, grana harenae
in eas minutias *quae neque dividi neque* secari *possint ; quod si*
sit athomus *in corpore, erit* || *in tempore : nam annus dividitur*
in menses, mensis in dies, dies in horas, horae *veniunt in*
punctum, punctus *in id quod per nullam* morulam *possit* pro-
duci, *unde quod ad ipsum quod* nequeat || *dividi ; igitur* athomus
in tempore ; in numero : ut octavus, octo dividuntur in quatuor,
quatuor in duo, duo *in unum,* unum *vero in-divisibile, inde*
athomus *in numero ; similiter oratio in verba, verba in syllabas,*
syllaba in littera(s), littera pars || minima. *Qua a ratione* appro-
bant philosophi *omnia ex* athomis *et* inani, *quia nihil est in*
rerum creatura *quod non habeat corpus et, quia est et recipit*
sectionem, *indicet* inanita || tem *hinc, quoniam omne quod est*
aut continet aut continetur, id est aut subsistit *in se aut vadit*
vagando, *id est aut est corpus* stabile *aut* vagativum huc
illucque, *id est* athomus. || *Ad vos* (?) *praeterea inane ipsum*
spacium, athomi *est quod est in eo, ut ad eum et in eo ipso* sit
inane, id est vacuum, leve *et sine pondere ; nam inane est leve,*

sine pondere, vacuum, cassum. || *Unde vestro* judicio nequit
athomus *esse ut non sit in sui spacio ad* eam *inane vel ita vel
illud inane per quod* fertur huc illucque. *Cur ?* Supra *omnia
quae sunt in orbe et ipse est* || *orbis ; nunc ad haec duo per
species sequentia, ut a* sequentibus specialiter *totus mundus, de
quo et mundus per ipsum factus. Non enim ait ut haberet esse*
in sequentibus, *sed ut quae erant quid in se* || *facerct. Tamen
vos conferte si ipsa* Virgilii *verba sint ; utique haec mea sententia.*

v. 35-36. « *Tum,* » *quid sub-auditur ?* canebat *et* ut vel uti.
Ergo tum canebat ut « *coeperit* durare ». *Quid ?* « solum. » ||
Non dicit ut coeperit esse, sed ut coeperit durare *quod erat.*
« Durare, » *vel absolute accipiendum ut sit* durescere, rigescere.
Vel « tum *canebat ut coeperit* durare » *se, quis ?* « solum », *id
est* solidare, || *firmare*, rigere, sicare, exsucare. « Solum, »
nominativus casus neutri generis ; ex quo Virgilius : « *Ne*
satura (¹) fimo pingui pudeat sola neve » « Solum, » *terra,
tellus. Et* « *ut coeperit* » *id est* || *inchoarit*, initiaverit, inierit,
conatum sit. *Quis ?* « solum ». « *Discludere,* » *separare*, sejun-
gere, *dividere*, dissociare. *Quid ?* « Nerea. » *Qualiter ?* Cum
« ponto ». *Non est a quo vel cui, sed* (?) || *intelligendum ut a se
et sibi.* « Nerea, » *graecus accusativus, sicut* Orphea ; *at nos ?*
Nereum *ut* Orpheum. *Cum* « ponto, » *cum* mari. « Nereus, »
Doridis, Oceani *filiae,* || filius, *maris deus. Tum* canebat *uti
discluserit* solum *a se vel sibi* Nereum *cum* mari, *neque modo
uti coeperit quod non erat esse, sed ut* discluserit || *quod erat
ipsum, quod habebat esse sibi vel a se. Igitur* canebat *ut* duruerit *terra et ut aquam* mixtam *sibi* separaverit *a se fecerit-que
sua* constrictione (au-dessus : *quia* strinxit *se) per se esse.* ||
Coepit durare *se solum et sua* constrictione *mare a se separare ;
nam antea aqua* illi mixta. « Nerea, » *vel accusativus graecus,
et per eum* metonomice ponti *animalia* (au-dessus : *quia deus
maris* Nereus *et ipse continet* animalia) *ut* discluserit || ponti
animalia cum ponto ; *vel* « Nerea, » *accusativus noster possessivus, ut* discluserit *ea quae sunt* Nerei ; *nam ejus sunt* armenta
et illi curae (ajouté en clair au-dessus). *Et* canebat *ut coeperit*
sumere (au-dessus : paulatim). *Quis ?* « solum ». *Quid ?*
« *formas.* » || *Cujus? rerum ; et hic quod* (espace blanc) *coeperit*
sumere *quod erat* formas. « *Paulatim,* » pedetemptim, parti-
culatim, minutatim, gradatim. « *Sumere,* » *accipere*, sumere,

---

(1) Pour saturare. *Géorg.* I, 80.

suscipere, ut Cicero, de finibus *bonorum* || *et malorum inflexus
sensus* : « Verum *hoc locq sumo de verbis* illis eandem *vim
voluptatis* (¹). » « *Sumere*, » diducere. « *Formas*, » effigies,
figuras, imagines. *Et* canebat « *ut coeperit* solum » || *suscipere,
accipere « paulatim formas ». Cujus ? « rerum. » Ubi ? in se ;
id est ut coeperit* informari *in se paulatim per formas rerum,*
velut *diversae formae in ea coeperint esse. Nam terra non*
unius *formae,* || *sed multarum. Enimvero canebat ut coeperit
suscipere* solum *paulatim diversas formas, ut montes,* juga,
colles, valles, nigredinem (correction de -do), albedinem (id.),
ruborem et hujus- modi ; *id est qualiter coeperit ea se paulatim
transformare* || *per rerum formas.*

v. 37. *Et canebat* « ut stupeant (lucescere » ajouté au-dessus)
quae ? « terrae. » Quid ? « novum solem ». « Novum, » novellum, recentem, novicium, rudem. « Stupeant, » *mirentur,
admirentur.* « Lucescere, » *inchoare* || lucere ; *nam* lucesco
inchoativum est, hinc lucesco, *inchoo* lucere. *Et* istic *quod
mirentur terrae* recentem *solem inchoare* lucere, *non inchoare*
esse ; *quod erat* inchoavit lucere. || *Cujus* lucis *inceptum* (ajouté
en clair au-dessus) *miratae sunt terrae.* « Novum *solem*, » *ad*
novellum *ejus* ortum. *Quidam dicunt hic* metonomiam, *id est
per terras homines, ut homines mirati sunt* lucescere novum
solem ; sed melius per || metaforam, *ut terrae sicut* in supra
dictis, ubi et caeli et terrae ratio, *quoniam per solem* synedochice, *ut caeli et siderum omnium miratae sint* (au-dessus :
terrae) lucis inceptum.

v. 38. *Et canebat ut* « *cadant* || imbres summotis nubibus
altius. » « Summotis *nubibus,* » *quem quidam dicunt septimum*
casus (²). « *Altius,* » pro positivo *comparativus ; nam-que* ubi
non est quo altius, *comparativus solet pro* positivo || *esse, unde*
« altius. » « Alte, » profunde, excelse. « *Cadant,* » ruant, *deci-
dant,* labantur. « Summotis, » sursum motis, sursum ductis,
sursum levatis. « *Imbres,* » pluviae. || *Et* canebat *quemadmo-
dum cadant* imbres summotis nubibus altius. Naturalem *hoc in
loco sequitur rem, quoniam, cum* nubes vicinae *sunt* soli, *ejus
calore* solvuntur || *et in* pluvias vertuntur. *Nam ipse* in Geor-
gicis *de signis* serenitatis (³) *ut* (mis pour *at* peut-être) : « Nebu-

---

(1) *Cic.* II, 3. — *Non. Marcellus,* p. 459, éd. Quicherat : [Sumere, contendere]
Cic. de fin. b. et m. lib. II (c. 3) : « Verum hoc loco sumo, verbis his eamdem
[certe] vim voluptatis [Epicurum nosse quam ceteros]. »
(2) V. *Keil* I, 36, 13 ; 154, 11 ; 317, 23. II, 190, 3 ; VII, 342,4, etc...
(3) *Géorg.* I, 401.

lae *magis* ima *petunt.* » *Itaque* canebat *ut cadant* pluviae levatis
sursum || nubibus alte. *Quid aliud* canebat ? *ut nubes* in pluvias
solvant se et ut sint pluviae.

. v. 39. « *Cum,* » *vel pro* « tum « *vel pro* (au-dessus : « qualiter ») *ut* sit : « canebat *tum* », *et sub-auditur : «* ut »; *in quo
toto* || « *tum canebat ut incipiant surgere.* » *Quae ? «* silvae. »
Vel « cum » qualitatis adverbium : « *Canebat cum incipiant* »,
id est, « qualiter (écrit en clair au-dessus) *incipiant surgere
primum* » *quae ? «* silvae ». *Sed magis « cum » pro « tum » et
sub-audiendum :* « *canebat* » et « *ut* » || « *Incipiant,* » initient,
inchoent, ineant. « Primum, » *nomen pro adverbio. « Surgere,* (¹) » *crescere,* augere. (grand espace en blanc) *Virgilius
in* Georgicorum *libro* primo : « *Quis* sine *nec potuere* || seri *nec
surgere* messes. » Idem *in* Aeneidorum *libro quarto* : « Asca-
nium surgentem *et* spes heredis Iuli *Respice.* » .« Surgere, »
erigere (²). || Salustius, Historiarum libro quinto : « Sollam (³)
surgere, caput aperire solitum. » Terrentius in Adelphis : « *Ut*
|| triduo *hoc* perpetuo prorsum e lecto nequeat *surgere. » Vir-
gilius*, libro nono (³) : « Surgit *et* aetherei (³) spectans orientia
|| solis Lumina. »

Folio 5 verso, ligne 1. (v. 40)….« errent(?) *qui? rara* animalia ».
Per quid ? « per ignotos *montes. Per « cum, » quod* supra *ita
intellige. Et canebat vel tum, ut « cum »* sit « *tum » et sub-au-
ditur ut ; .vel et canebat* || *cum* errent, *ut « cum »* sit « *qualiter,* »
neque sub-auditur « ut. » (« Errent, » omis sans doute) vagent.
(« Rara, » même remarque) pauca, parva, exigua *animalia. Per*
incognitos, *per* nescitos *montes ;* antea *non in eis fuer*ant, *inde
.||* nescia montium *erant animalia. Ubi dicitur* synedoche, *sicut*
in superiori *versu, quoniam per* animalia *cuncta* animantia, *ut
homines et pecora ; sicut per silvas cuncta* inanimantia || *ut
silvae*, petrae, herbae *et* hujus *modi. Nam* primo *pastor*alis
vita, et homines (au-dessus : nudi) *in silvis habita*vere *sine*
tuguriis, *neque ipsi* tuti *inter se. Etiam- que et montes* synedo-
chice. En || *quod per species* supra *dictorum duorum* repraesen-
tatio .*aut ut totus ille ostendatur* mundus, *de quo et mundus per
ipsum factus. Unde quod haec hujus* lectionis *ad duo* pertinent
superiora, || *id est* « *ut his* exordia primis *omnia et ipse* tener
mundi concreverit orbis. » *Bene quippe et* rationabiliter *postea*

---

(1) *Non. Marcellus,* p. 460. — *Térence,* Ad. IV, 1, 4.
(2) *Non. Marc :* erigi ; sella ; aetherii.
(3) *Enéide*, VIII et non IX, v. 68.

pluvias ; *ait qualiter* surgerent *silvae et* erra || rent rara animalia
per ignotos *montes ;* rara *sane* in initio, *sed postea inter se*
nota creatione plura *fuerunt. Igitur canebat* (esp. blanc) uti
a duobus quatuor et a || *quatuor omnia quae sunt orbis, et ut
ipse orbis, et ut* duruerit solum *et* discluserit *animalia maris
cum* mari *a se vel sibi, et ut* formaverit *in plures formas se,
terra* || paulatim, *et ut terrae miratae sint* initium lucis *caeli
ceterorum-que ejus, et ut* pluviae ruerint, *et ut* initiaverint
crescere primitus *silvae, atque* erraverint || *animalia per* igno-
tos *montes. Quid aliud ? de toto loculus est mundo et* generaliter
et per species, ut faciat finem principii *mundi hic esse. Quaeri-
tur quo ordine ad* Sileni cantum || *sint orbis caeli cuncta. Quo,
nisi primo terra, mare, in te caelum, postea silvae,* novissime
animalia ? Sic se Virgilii habet historia. Prorsus (au-dessus : *ex
quo, id est iterum)* cur de prudentibus *naturalibus-que rebus,
id est* || *de* creatione *mundi,* transierit *ad* fabulas ? *Cur ? prop-
ter* (?) *quod voluit* epicuream sectam exprimere *quae suis* inserit
voluptates, (au-dessus : *ut nihil* velit *sine* voluptate ;) *unde*
introducta retro || Egle ; *vel* plenis fabulis demulcere *puerorum
corda ; nam* fabulae *gratia* delectationis *inventae ; aut hoc aut
illud* (ajouté en clair au-dessus) *causa cur de prudentibus rebus,
id est de mundi* crea || tione, *ad* fabulas *vertat se.*

v. 41. « *Hinc* lapides », *et* cetera. *Dicatur* primo fabula, *forsan*
ea dicta *melius* ibit sententia. *Quae est ita :* Juppiter *cum* genus
humanum haberet || exosum *propter* feritatem Gigantum, *eo
quod ex similitudine eorum* editi *essent homines* perniciosi,
diluvium (pour — o ?) inundavit *et omnes homines* necavit,
exceptis Pirrha *et* Deu || calione, *qui in monte* Atho *sunt*
liberati ; *sed hi,* responsis Themedis, saxis post tergum jactis
genus reparaverunt *humanum, et* Pirrha || feminas, Deucalion
mares. *Alii volunt* Jovem *ob* Licaonem, *quod ei* filium *suum*
epulandum *obtulisset, eum* fulmine peremisse, || *diluvium vero*
inundasse *et omnes* necasse *homines, exceptis* Pirrha, Emithei
filia, et Deucalione, Promethei *filio, qui* in montis altitudine
|| Caucasi *a diluvio sunt* defensi, *et genus humanum* reparave-
runt, *sicut dictum est. Sunt praeterea qui* dicant *non* saxis *post*
tergum jactis *homines factos, sed, quia* || jacuissent sentibus
sive fruticibus tecti, lapidibus excitatos ; *hinc* ortum *ut dicantur*
lapidibus *facti.* « Refert hinc » *quis ?* Silenus: *Quid ?* || « *lapides.* »
Quos ? « jactos. » *Cujus ?* « Pyrrhac. » « Jactos, » projectos,
immissos, impulsos, injectos ; *a* jacio jactus, *ab ejus* fre-
quen(tativo) jactatus ; *iste quippe* usus *bene* « jac || tus »

perfectae (¹) *formae. quoniam semel tantum* lapides *sunt* jacti,
non frequenter. « *Refert,* » perfert, *indicat, ostendit,* « Hinc »,
adverbium loci, de loco. *Quaeritur cur non* sit Deucalion.
Tange || re *enim voluit* fabulam, *non* explanare, *ac cernitur*
Deucalion *abesse. Quaeritur cum* saxis Deucalionis *sit major,*
cur non Deucalion (-à ajouté au-dessus) posuit. *Cur ?* || *quod si*
Deucalion *tantum, quasi ipse* totum reparasset *genus humanum,*
ex Pirrha *non est ita; tamen per* synedoche *omnis haec* fabula,
per jactos *lapides tam* || Pirrhae sinedochice *quam* Deucalionis
et qualiter uterque *eos* jecerit; *per* Pyrrham, *tam ea quam*
Deucalion. *Quid* plura? *Tota haec per* syne || doche fabula. *Per*
quid ? (au-dessus : « jactos ») *per* Saturnia regna, *id est* Saturni
regna. *Ordinem* vertit fabulae, confundens eam plane. In
Saturnio *quidem* regno, || *scilicet* aureo *seculo, omnis delectatio*
sive prosperitas, *neque diluvium in eo*; nam, si *diluvium* in
Saturnio *regno, nunquam dixerit* retro (², renasci *simile.*
Primum diluvium sub || Ogigae, Thebanorum *rege ; secundum*
sub Pirrha et Deucalione Thesaliae *rege; de quo* modo *sane*
sciendum per diluvium et epyrosin (ἐκπύρωσιν) (au-dessus : repa-
rationem) *significare* || *temporum mutationem. Quidam* « Sa-
turnia *regna* » Jovia *regna accipiunt, cujus in regno diluvium*
volunt esse, etiam-que fabulae taliter *conjungent se.* In Saturnio
porro regno, *id est* || aureo *seculo nunquam* creditur *diluvium*
fuisse; *unde quod* versus *est ordo* fabulae, *atque ea* confusa.

v. 42. *Et refert quid ?* « Caucaseas volucres. » *Et quid aliud ?*
|| « furtum. » *Cujus?* « Promethei. » *Ter autem accipiendum*
« refert. » Ysteroproteron *hoc in loco, quoniam* primo poena,
postea crimen; *sed rectus ordo ut primo* crimen; *inde* criminis
|| *poena; hic non est ita, sed poena ante, post* quam crimen
sequitur; pro quo ysteroproteron profecto. *Ex quo* ista fabula?
Prometheus, Japeti *et* Cli || menis filius, *post homines a se* factos.
dicitur auxilio Minervae vectus *caelum* conscendisse *et* adhibita
facula (pour ferula, confusion possible avec baculo?) *ad* rotam
Solis ignem furatus || *esse; unde* dii irati *duo* immiserunt
terris : macies *et* morbos, *sicut* Safo *et* Hesiodus memorant; *hoc*
quoque Oratius con || sentit, *dicens* (³) *:* « *Post ignem* etherea
domo Furatum (⁴), Macies *et* nova Febrium Incubuit *terris* (⁵)

(1) Caper dans *Keil*, p. 93. *Perfectum* opposé à *inceptivum.*
. (2) Allusion aux vers 5-6 de l'églogue IV.
(3) *Hor., Od.*, I, 3, v. 30-32.
(4) Subductum, et non furatum.
(5) Terris incubuit.

cohors. » Qua pro negligentia || faciente Jove, fertur Prometheus *per* Mercurium in Caucaso monte *ad* saxum religatus *et* adhibita aquila *quae cor* || *ejus* exederet; *cui ut major* inesset *poena,* factum *ut cor* renasceretur *exesum. Sed* denuo *ab ipso* Jove *dicitur* liberatus, *per* || Herculem *interfecta* aquila, *quod* monuerit *eum* abstinere *a* Tethide, *eo quod futurus* esset *de semine suo* (au-dessus : qui pelleret *eum* regno), *sicut ille* pepulerat *patrem* || *regno.* « Promethei », sinerehesis, *nam duae* in unam redactae *syllabae.* « Caucaseas volucres », *pluralis* numerus *pro singulari, cum fuerit una* aquila; || debuerat « Caucaseam*que referl* volucrem ▸ fore; *tmen iste* usus schemate *fecit numerum pro numero esse.* « Caucasea », *quoniam* in Caucaso *monte* || ea. *In quo non* fabularum explanatio, *sed tantum* motio. *Et* ysteroproteron *sine* dubio, *cum* primitus *poena, inde crimen. Quae* de Prometheo *non sine ratione sunt* ficta. || Prometheus, *vir* prudentissimus, *unde et dictus a* potes promantias (ἀπὸ τῆς προμαντείας), *id est a* prudentia. *Qui* Assyriis astrologiam primus *indicavit,* || *quam* residens in Caucaso *monte* nimia cura *et* sollicitudine deprehenderat. Caucasus *mons est circa* Assyrios, pene sideribus vicinus. || Hinc majora astra *demonstrat et* affectus *sidereos* (?) *sive* motus *diligenter significat; unde dicitur* in Caucaso *monte esse.* Aquila adhibita, *quoniam* atrox (¹) || *ejus* sollicitudo, *quia* deprehenderat astrologiam. *Per* Mercurium ductus, *quod sit ipse deus* prudentiae *el rationis, et iste per prudentiam rationem-que* || *invenerit* astrologiam. *Ad* saxum religatus, *quod invenerit rationem* iniciendorum fulminum *hominibus-que* indicaverit; *nam* quadam *arte sua* supernus || eliciebatur ignis; *qui mortalibus* profuit *dum bene sunt* usi eo; *postquam vero male,* in perniciem *versus* noscitur *esse, sicut* in Livio *lectum est de* Tullio || Hostilio *qui eo igne cum omnibus suis* exustus *est;* Numa *autem* impune usus *est eo in* sacris *deorum. Ex quo dicetur ignem Solis* furatus *esse ;* || *et* iratis diis Macies *et* Morbi *terris* inmissi.

v. 43-44. *Iste ordo :* « adjungit » *quis ?* Silenus. *Eis,* his. *Quid ?* *quemadmodum, id est* « quo *clamassent* » *qui ?* « Nautae ». *Quid ?* « Hilan. » ‖ *Quem ?* « relictum ». *Ubi? in* « *fonte* ». Dialiton : *quemadmodum* « sonaret » *quis ?* « Omne litus ». *Quid ?* (*ad sensum* exponctué) o « Hyla, Hyla », *sed ad sensum constructio : accusativus.* « Adjungit », associat, conec || tit, conjungit,

----

(1) *Servius :* ἄχος est sollicitudo.

attribuit, copulat. « *Quo* », *quemadmodum*. « Relictum », *dimis-sum,* derelictum, situm, laxatum. « *Clamassent* », vociferati *essent,* vocassent, *appellassent,* nominassent. *Et quemadmodum* || « sonaret », *clamaret,* vocaret, appellaret, caneret, cantaret ; ripa fluminis, ora (corrigé en hora) tota. « Hyla, Hyla », *nomen proprium pueri bis* positum. Hilas, Theo || damantis *filius, ob speciem sui* Herculi carissimus, *quem* secutus navigantem *cum* Argonautis (au-dessus : hi dicuntur *qui* ipsam Argo gubernant) in finibus Ionii (pour Ioniis) *circa* Misiam, *apud fontem* Calci amnis, || *cum* aquatum isset, raptus *est* Nymphis, *nec* umquam *potuit* reperiri. *Postea, cum cognitum* (aj. en clair au-dessus) *esset quod* periret *in fonte, sacra* statula *sunt ei ; in quibus* mos erat || *ut ejus nomen* clamaretur in montibus. *Ad quam.* imita-tionem ait *quod* « *omne* litus sonaret : Hyla, Hyla » ; (Ici vingt mots couverts d'une rature : *potest etiam esse ut* tunc « sonaret litus *omne* Hyla, Hyla », || *quando clamaverunt* nautae Hyla ; *sanè per* transitum *rem veram* tangit) ; *nam* institutum *erat in sacris hujus ut ab* ephoebo *puero* ter *clamaretur ejus nomen in monte,* comitan || tibus aliis ; *sed, quando* perit *in* fonte, *clama-verunt* nautae, *et* resonuit litus *omne* : Hyla, Hyla ; *ad* eam imitationem *et inde postea in sacris ut* ter *ejus nomen* clama || retur *ab* ephoebo *puero* in monte ; *ut iste* loquatur *de eo* quod extitit primo, *significans per* transitum *rem veram quae erat* de Hila *eo tempore a* prima || nautarum clamatione *et* sono litoris omnis, *quod* convenit *cum* sit *quod clamassent* nautae *hic et* resonaret litus *omne. Bene* quin etiam *fecit* transitum || *ut* esset *quod fuit* in initio, *et inde* (au-dessus : tangit consue-tudinem) (quatre mots raturés : *unde* venerat *ea* consuetudo), *quae erat in sacris* Hilae *tunc temporis et unde sit.*

« A » *brevis pro* vocali sequenti ; *sed in se natura longa, cum omnis* || vocativus grecus *masculini generis* « a » *terminatus* sit *longus, ut* « Aenea, Palla » ; *vocalis* sequens *aufert ei* unum *tempus, inde* brevis *ea, neque servatur* synalipha *sicut hic* : || « *Te* Corydon, o Alexi([1]) » ; *nam vocalis* vocali *auferre potest aut dare,* consonans *vocali dare, nihil auferre.*

v. 45-46. « *Et* solatur. » (au-dessus : *Quis?* Silenus.) *Quid?* « for-tunatam Passiphen » (au-dessus : *Ubi?*) « amore ». Sed quidam || *volunt* amore *pro* in amore. *Cujus?* « nivei juvenci ». « *Si num-quam fuissent* » qui? armenta ; *quod per* parenthesin ; *nam* for-tunata *ea, si* deessent armenta. || « Solatur, » consolatur, confor-

(1) *Egl.* II, 65.

tat, levat, adjuvat, solacium *dat*. «Fortunatam», felicem, *beatam*.
In « *amore* » *cujus ?* « nivei juvenci»; *ubi* ypalage : || juvencus
non erat niveus ; nivea *res est* nivis *res, ut* « Evandrius ensis;
Evandri ensis ; regius *honor, regis honor* (¹) » ; *sed* nivei *coloris*
iste ; tamen fatur || nivis *esse, cum* debuerit fari « nivei *coloris* » ;
non enim nivis *erat, sed* nivei *coloris*. « *Nunquam* », *non*.
« Armenta », *ut* patet, *de* bubus *celeris-que* similibus. Passiphes
nota || fabula. Minois, *regis* Cretensium, *uxor, quae nefario*
ardore exarsit *in amorem* tauri, *quem dederat* Neptunus candidum Minoi, *et ingenio* Dedali concubuit *cum eo, et* || enixa *est*
Minotaurum ; *sed ea* publicavit *crimen* dementiae *suae. Quam*
consolatur, felicem, *beatam in amore* nivei juvenci *si non*
armenta *fuissent ;* felix *videlicet ea* || *et* beata, *si nunquam fuissent* armenta ; *fuerunt* armenta, *et inde* infelix *ea. Tamen*
Silenus consolatur « fortunatam », *si* armenta *deessent; non*
ut esset, || fortunata *quando* consolabatur, *sed quae* esset fortunata *si non* armenta *fuissent*. Consolatoria loquebatur *verba*
sicut nos solemus merentibus (maerentibus) *proferre* || consolatoria. *Erat ea in amore* juvenci, *et in ipso amore* consolatoria
Silenus proferebat *et verba, id est* solacium dabat *ei. Sic enim*
et || *nos* loquimur *hodie* : « Consolatus *sum te* in *tui* angustia,
tu vero debueras *me* consolari *in mea, et noluisti vicem reddere* ».
Si non fuissent || armenta, *non amaret ea* taurum. *Quare?*
quia non esset. *Quem si non amasset, porro felix et beata. Inde*
poeta : « *Si nunquam* armenta *fuissent* ».
v. 47. « A » interjectio *dolentis.* || « Infelix », misera, debilis,
sine felicitate. Quod adsolatur pertinet *ut magis* videatur fortunae *quia amat* taurum *quam* morum. Ostendit *enim in quo*
solatur eam, *id est* in eventu, || *non* in natura. *En quod non*
erat felix *manifeste quando* solabatur, *et quod non* in naturali
amore, sed fortuitu eveniente. « Virgo », *a* viridiori *aetate*
dicta ; || *nam* Passiphe *mater erat* Androgei, Ariathne *et* Fedrae,
Quidam « virgo » *volunt non ut virum non haberet, sed quod*
virgini talis destinata sit *poena* || ob iram Veneris *quae* irata
Soli, *ut quidam intelligunt, quod se* Anchisae *vel* Marti conjunctam prodisset, subolem *ejus* turpissimis subjecit || amoribus
ut Passyphen, Circen, Medeam.
Folio 6 recto, l. 3 (Une coupure a enlevé la presque totalité
des deux premières lignes).
v. 48... Consolantis *duo officia* revera. « Implerunt », *qui ?*

(1) Cf. *Priscien*, dans *Keil*, II, p. 68, l. 15.

« Proethides ». *Quid ?* « agros ». *Unde ?* « falsis (mugitibus) »......
|| *sine praepositione.* « Proethides », *nominativus* grecus patro-
nomicus. Proethides, Proeti (et) *vel* Stenoboe *vel* Ant(iopae)
filiae ; *fuerunt* hae Lisippe, || Ipponoe, Cirianassa. *Quae* Junoni
praetulerunt *se ; ea vero* irata, *inde* inmisit furorem *eis, ut* irent
in saltus *crederent-que* se vaccas || *atque* mugirent *more* vaccae
sepissime. *Quas* Melampus, Amintaonis *filius*, pacta *mercede*
quod acciperet Cirianassam *cum* regni || *parte*, Junone placata
·infectoque *fonte quo* solebant *bibere, ad* pristinum reduxit
sensum . *atque* sanavit. « Implerunt », *per* syncopam || *pro*
impleverunt. « Falsis mugitibus », mentitis mugitibus. Mugibant
ut vaccae ; *sed neque* illae vaccae *neque* earum mugitus vacca-
rum. || Mentiebantur *esse quod non erat, id est* faciebant *ut*
vaccae, *sed* ille mugitus *hominum, non* vaccarum ; *unde* falsus
et mentitus, *neque* verus. || Retro autem (¹) : « *Nec* varios discet
mentiri lana *colores* ». Repleverunt agros falsis mugitibus, *ut*
iste (au-dessus : dicit). *Ex quo* mugituum multitudo *quod-que* ||
·*saepissime* mugiere *et* innumerosae (pour-se). *Quare hoc ? quia*
credebant *esse se* vaccas, *cum essent* homines.

v. 49-51 « *Tamen et non* (ulla exponctué) *est* secuta ulla, »
|| deest « earum », *quid ?* « concubitus » (au-dessus : Quos ?
« tam) turpes. » Cujus ? « pecudum. » *Nisi per* temesin (τμήσιν)
sit « attamen. » « *Non est* secuta », *non* appetiit, *non* quaesivit,
|| *non est* imitata, *non* abiit *post* « *tam* turpis concubitus. »
Concubitus », *conjunctiones*, comixtiones, copulationes.
« Turpis », inhonestos, rusticos, || nefarios, putidos, fetidos,
squalidos. « Pecudum », *pecorum*, armentorum. Licet « timuis-
set aratrum collo, ▸ *quis ?* omnis ; *id est :* licet pavisset, ||
formidasset *ut* imponeretur *ei* aratrum, *cui ?* « collo », opus *ad*
colli (?) *omnis* timuit aratrum, *quia timuit* poni aratrum in
collo. || *Cum enim* credidissent *se* vaccas *esse, credebant*
etiam-que ut junguntur (pour *-erentur*) *sicut* vaccae, in vaccarum
officio, unde : « *quamvis* collo *timuisset* aratrum *et* quaesis
|| set *saepe* » *quis ? omnis. Quid ?* « cornua ». *Ubi ?* « in levi
·fronte ». « *Saepe* », *frequenter.* « In levi *fronte,* » *scilicet*
humana. ·« Quaesisset », petisset, investigasset, (inda || gasset
exponctué), scrutata esset. Tria *in his :* crediderunt *se* vaccas
esse, et jungi *ut* vaccas, *et* cornua *habere sicut* vaccae. *Ergo et*
istae *et* Passi || phes (pour Passiphe) in dementia, *et omnes cepit* (²)

(1) *Egl.* IV, 42.
(2) Littér. *coepit.*

dementia *utique; sed istae, si* aliqua felicitas *in tali* dementia
valet esse, feliciores vult has *quae, cum se* || crediderint vaccas
esse, non (tam omis sans doute) *sint* secutae turpis concubitus
pecudum *quam* Passiphae ; *quae, cum se* scierit *hominem esse*,
secuta sit || turpis concubitus nivei juvenci ; *quae,* licet
crederent (au-dessus : *se*) vaccas *esse, non sunt* seculae *tam*
turpis concubitus pecudum *ut* Passiphe, *turpis* concubitus
|| *pecoris, unde quod* feliciores hae *quam* Passiphae, Sileni
comparatione.

« Cataclismus, mons Caucasus, Prometheus, Deucalion, Her-
cules, Hilas, » *in multis Virgilii* codicibus || in contextu, *ut
cetera ejus* historia, *juxta* « cornua *fronte;* » *quod quid aliud
quam* supra dicti recapitulatio ? *Sed ea* in contextu *non debet
esse, nisi* recapitulatio sit in || contextu *ponenda, ut* historia,
quod minime *convenit; nam unius-cujus-que lectionis valet* recapitulatio *esse, quoniam tota potest* colligi, *sicut brevitate lectio.
Tamen ea* collectio minime || in contextu *est ponenda ; neque
enim tota* supra *dicti* recapitulatio, *cum* desit Passiphe *et*
Proetides ; *unde quod ipsa* recapitulatio *male* posita ; || *nam, si*
liceret eam *esse, magis tota quam* sic ea. *Quidam juxta* « amore
juvenci » *hoc ipsum habent ; sed neque* illic *ponendum, aut
tota* de fabulis recapitulatio, *cum non habeatur* Passiphe || in
recapitulatione. *Cur hoc* illic aut hic ? *Ut* sentio, *quia* in quodam expositore *juxta* « amore juvenci » *invenitur* : « Cataclis-
mus, *mons* Caucasus, Prometheus, || Deucalion, Hercules,
Hilas, » *sed non debet* in contextu *esse ; verum etiam neque* in
antiquis *codicibus invenitur.*

v. 52. « A *virgo* infelix, » *sicut* supra repetitum, *ut plus*
pareat || magis *quod amat* Passiphe *taurum* esse *eventum et* for-
tunam *quam* naturam. *Nam pro comparatione sunt* Proetides
interpositae ; *quibus* relictis, *ad* Passiphen *singulariter* vertit
se. || *Ex quo bene* repetitum « a *virgo* infelix » *pro eo ipso quod
dictum est* retro. « *Tu* erras *nunc,* » *tu* vagas. « *Nunc,* » *modo.
Ubi* ? » in montibus, » loci *per* locum || discursio. « Erras a
nunc, (au-dessus : *tu,*) o *virgo* infelix, » *ubi* ? « *in* montibus. »

v. 53-54 « Ruminat » *quis* ? « *ille.* » *Quis* « *ille* » ? juvencus.
Quid ? « pallentis herbas. » *Ubi* ? « *sub* ilice nigra. » *Qualiter* ?
« fultus. » *Quid* ? « niveum latus. » *Unde* ? « molli yacinctho. »
« Ruminat, » revomit *et* denuo consumit, *ex quo quidam* (¹) :
« *Atque iterum* pasto pascitur (au-dessus : ante) cibo. » || Rumi-

____
(1) *Ov. Am.* III, 5, 18.

natio *dicta a* ruma *imminente* gutturis *parte per quam* cibus
dimissus *a* certis revocatur animalibus. « Pallentis » *herbas,* »
vel aridas, || *vel* ventris calore proprià viriditate carentes. « Ilice
sub nigra, » *vel sub* ilice umbrosa (au-dessus : *et* sit metonomia)
vel ut talis *ea. Apud veteres unusquisque* fultus *dicebatur eo*
super quod || jacebat ; *quos* sequens *poeta :* « fultus molli
yacintho »·*dixit.* « Molli, » tactu plumeo. « Yacintho, » *herba.*
« Fultus, » sustentatus, auxiliatus ; *et videtur ut* tra || hat *abla-*
tivum sine praepositione, quem quidam intelligunt septimum (¹),
velut refertus et plenus. « Niveum latus, » *relut* « nivei
juvenci » *per* ypallage ; *non enim* latus niveum *erat, sed* niveï
coloris. || « Fultus latu's niveum, » *figurata locutio, id est :*
fultum *habens* niveum latus. *Junguntur, ut* dixi, nominativi
accusativis quando quod accidit parti redditur toti, *et pars*
quidem profertur *per accusativum,* || *totum vero per* nominati-
vum ; *in quibus* « *qui est* » subaudiendum (²). *Quaeritur, cum*
loquatur praesenti, *quomodo nunc erret* in montibus. *Si prae-*
sens erat qualiter in montibus errabat ? || *Ceterum* absenti
(correction de praesenti) *loquitur quasi* praesenti, *et* praesen-
tialiter narrat *quod temporis* praeteriti *erat.*

v. 54-55. *Quaeritur quid* in duobus *sequentibus versibus*
agat ? Objurgat eam, *ostendens quasi non* aman || tem *se diligat,*
unde quod amenter agat. « *Aut* sequitur. » *Ubi ?* « *in magno*
grege. » *Quid ?* « *aliquam,*'» *quid sub-auditur ?* vaccam. *En* ubi
« gregem » *de* bubus ait || *hic, vel intelligetur* « *gregem* » boves ;
nos tamen proprie armenta *dicimus,* quanquam *quorum*libet
animalium multitudo sit « grex » : *ut* Cicero in Philippicis (³) :
« Fudit apote || cas, cecidit greges armentorum (⁴). » *Juxta quod*
de bubus *nunc* dicitur *hic grex.* « Sequitur, » appetit, *quaerit,*
investigat. *In quo* quid ? objurgatio, || *quoniam* ita *ac si* diceret :
« *Habes* aliquid spei, *quia ille quem* diligis scit amare, *sed,* licet
sciat *amare, non te.* »

v. 55-56. « Claudite, o Nymphae Dicteae, » || *quid ?* « saltus. »
Cujus ? « nemorum. » (au-dessus : *sub-auditur* ne latius possit

(1) S. -ent. casus.

(2) V. *Priscien* (*Keil* III, p. 220, l. 11).

(3) *Philipp.* III, 12, 31.

(4) *Fudit* est à remarquer. Cf. El. Baiter et Kayser, V, p. 356. « ... quas
effecerit strages, ubicumque posuit vestigium ! *fundit apotecas, caedit greges ar-*
mentorum reliquique pecoris quodcumque nactus est. » *Fundit apotecas* est une
addition de Servius, « ad Verg. Egl. VI, 55, ubi *fudit* est correctum ab Ernestio. »
Notre ms présente donc un argument en faveur de la correction d'Ernesti et la
complète par *cecidit* au lieu de *caedit.*

vagari). » *Jam* claudite, o Nymphae, « *vel sic absolute, vel iterum* « saltus nemorum, » *aut* primo *absolute* « claudite, o Nymphae || Dicteae », *et postea* : « *jam* claudite, o Nymphac » (au-dessus : « Dicteae ») *quid ?* « saltus » ; *quorum ?* « nemorum. » Dictis mons *est* in Creta *ubi* Passiphe *dicitur* taurum amasse; *a quo* || possessive « Dicteae nymphae » *ejus* montis praesidentes. « Nemorum, » lucorum. « Claudite, » obstruite, offirmate, oppilate. « Saltus, » || densitas arborum alta; *hic* (au-dessus : locos incultos, silvestres, *vel* pastus nemorum). Repetitum « jam claudite » *pro majori* affectu claudendi. *Quód a persona* Passiphes *est accipiendum, ut* Silenus *dicat* || eam *hoc* aliquando *dixisse; haec* Passiphes *sunt* verba, *sic-que* loquebatur ea aliquando. *Ex* « a virgo » (au-dessus : superiori) huc usque, Sileni *locutio; modo* || Passiphes.

v. 57-58. « *Si qua* forte *ferant* » *qui ?* « obvia vestigia. » *Quid ?* « *sese.* » (espace gratté : errabunda (?) Qualia *se ferant ?* « errabunda. » *Cujus ?* (au-dessus : « bovis. ») *Cui ?* « oculis nostris. » ||.« Si qua, » *vel pro* « si », *vel* « si qua », si quo modo, *id est si* aliquo modo (au-dessus : *vel si* aliqua ratione) *vel* « si qua », si alicubi, *ut* « qua » adverbium loci *per* locum. *Sed* quidam || *ad* « vestigia » *ducunt* « si qua ; » *quod si* sit, *oculis* ipsius *loquitur esse* si qua *cujus* vestigia. *Unde quod* trocheus in initio *qui* nequit in heroico carmine || *nisi in fine esse.* « Forte, » adverbium dubitandi. « *Ferant,* » perferant, ostendant, indicent. « *Sese,* » geminatus *accusativus.* (« Obvia, » omis sans doute), oblata, obducta, || contravia. « Errabunda, » pene *participium contra* rationem fictum, *vel per* ypalage; *ut* errabunda bovis vestigia, *et* erra || bundus bos, *id est* flexibilibus pedibus incedens, *aut* errantia, « errabunda, » *id est* vagantia (correction de vagativa) *quod* vagent ea. || « Vestigia, » pedum *signa, et* metonomia, *id est* pedes *per* vestigia. *Nam* naturaliter *est* bubus *ut* errantibus pedibus incedant ; || *ex quo quod* naturam boum *est* secutus *in hoc loco, quod-que* sic *potest* loqui *ex* bove unoquoque ; *unde* « errantes », *ad pedes* boum epiteton || naturale. *In quo* loco *loquitur* dubitative *procul-dubio.* Hinc « si » dubitativa conjunctio, *vel* « forte, » *ut dixi,* dubitandi *adverbium, vel* eventus. || *Sed quidam* errabunda vestigia bovis *intelligunt ut* errando iret bos ille. *Quare imperet* claudi saltus ? Ipsa *subdit dicens :* « Si qua, » *et* cetera. *Quaeritur cur* posu || erit « oculis » ? *quod* in eis agnitio rei ; *qui* si non sint, nequit haberi *quid* sit ; *ergo* rationabiliter oculis *nostris, cum* visus *in oculis.*

v. 58-60 « *Forsan* (pour forsitan) perducant » || *quem?* « illum ». *Qui?* « aliquae vaccae ». *Quo?* « *in* (ou *ad*) Cortinia stabula ». *Qualiter* (aj. en cl. au-dess.) « aut captum ». *A quo? ab* « herba ». Qua? « viridi ». « *Aut* secutum » *quid?* « armenta ». || « *Herba* », pabulum viride *pecorum*. « Captum », apprehensum, detentum, victum, subjugatum. « Viridi », virenti. « *Aut* secutum », imitatum, appe || tentem, *quaerentem*. « Cortinon », oppidum Cretae, *ubi* armenta Solis aliquando fuere. Minois (p. Minos), maritus *ejus apud* Gnoson imperabat. || *Unde* illuc taurum *non* vult venire, *sed ad* Cortinon, oppidum Cretae, *ubi* armenta *Solis* aliquando fuere. « Stabula », ovilia, septa. || « Perducant », inducant, pertrahant, minent. *Hic quoque loquitur similiter* dubitative. « *Forsan* » (« forsitan ») pertrahant « aliquae vaccae » « *aut* », a viridi *herba* captum, || *aut* secutum armenta. *Quo ad* Cortinia stabula, *id est forsan* pro vaccis, *aut ab herba* viridi *aut ab* armentis veniet Cortinia sta || bula. *Quaeritur quomodo* perducant aliquae vaccae stabula *ad* Cortinia taurum, *aut* captum *ab herba* viridi, *aut* armenta secutum, || *aut* ut aliquae vaccae *sint* veniendo, *et* viridis *herba a* qua captus ille, *aut* in armento vaccae quas sequendo earum *prae amore tantum* || veniat stabula *ad* Cortinia ; *vult aut ut* ille captus (au-dessus : *ab* herba) prope Cortinon oppidum, *ejus* oppidi perducant *aliquae* vaccae ; *aut ut ille* || secutus armenta, *ejus* armenti vaccae perducant, *aut* Cortinon oppidi. *Quaeritur quid* faciat *in hoc. Quid?* consolatur *se dicens, ad sensum :* || « *Forsan aut* eundo *ad* Cortinon oppidum *videbo aut* illic, *ut vel sic* satiata *meo amore* sim* ». « Ad » *praepositio* mutato *ordine, sicut* « *ipsis ex* || vincula sertis* ». *Quaeritur* qualiter consoletur Silenus Pasiphen, *cum non videantur* consolatoria *verba, sed* objurgativa. || *Nam-que poetae* (ab est omis sans doute) « *et* fortunatam » *usque* « a virgo » ; hinc *ab* « a virgo » *usque* « Claudite ». Sileni verba, *quae non videntur* conso || latoria. *Unde quaeritur quomodo* consoletur. *Aut sicut jam dictum est, aut, cum* sint *duo* consolantis *officia, noluit* Silenus *nisi* || *unum tantum,* id est strictim objurgare ; *nam et* blanda consolantis *sive* lenia verba *dicuntur* consola || toria ; *et* objurgativa *cum* officium consolantis sit strictim objurgare ; *unde dicetur* Silenus Pasiphen || consolari.

Folio 6 verso, 1. 2. (Les trois premières lignes sont très réduites par une coupure du parchemin).

v. 61.... *Sic* greco more praeteriti temporis *participium*..... Athlans *altero nomine dicitur* Hesperus || ..... (*in*) *quo sunt*

mala aurea, *quem custodiunt ejus* filiae, *quae ejus a nomine*
Hesperides patronomice ; *quarum dicuntur mala* esse ; || *nam*
Hesperides *sunt* Hesperi... (*ex*) *quo* (h)orto acceptis a Venere.
talibus malis Ippomenes, Megari filius, nepos Neptuni, || Athlan-
tem, Scyriam puellam, *cursu* potentem, *quae multos* sponsos
superatos occiderat, vicit. Unde || poeta : « Tum *canit* Hesperidum
miratam *mala* puellam ». *Mirantem, ut* miratur, *vel dum*
miratur, *vel* miratam ; *ut* canit puellam || *mala* Hesperidum, *id
est* canit *puellam ut est* mirata *mala* Hesperidum ; *vel enim*
mirantem eam *canit, vel non* mirantem, *sed ut est* mirata Hespe
|| ridum *mala. Quod* plenius in Aeneidos libro *tertio* (1), *ubi*
relata fabula.

v. 62-63. « *Tum* circumdat » *quid?* « Phetontiades ». *Unde? de*
« musco ». *Cujus?* « Corticis ». || *Cujus* corticis? « *amarae* ».
« *Atque* erigit Phetontiadas » *quas?* « proceras alnos ». *Ubi?* in
« solo » *vel* a « solo ». « Phetontiadas », *accusativus* grecus
proprie (?) Pheton || tides ; « a » poetica licentia interposita.
Regulariter *praeterea* (au-dess. même mot en clair) Pheton-
tidas,' *quod* patronomicum *a* fratribus. « Musco », *herba* ;
muscus *enim* || *herba est.* « Circumdat », circumligat, circum-
cingit, circumtegit, vestit, *operit.* « Amarae », acerbae. « Cortex »
est corium *arboris ;* cortex || antiquitus cortex dicebatur, *et*
dictus cortex *eo quod* corio tegat lignum ; *ut* cutis tegit *hominem,
ita et* cortex lignum. « Solo », tellure, || *terra.* « Proceras »,
excelsas, altas, ingentes, magnas. « Erigit », elevat, *crescit,*
ducit. « Alnus », *arbor.* Primo circum*dat* Pheton || tiadas *de*
musco amarae corticis, *id est* de musco *et de* amara cortice,
quia hic ut muscus amarae sit corticis, *quod non est,* || *nisi* cum
musco amarus sit cortex. *Postea,* in solo *vel* de solo, *id est de*
terra. « Erigit », elevat, sursumducit, *crescit eas quas?* « proce
|| ras alnos ». *Nec satis fuit* « erigit alnos », *sed* addidit « pro-
ceras », *id est* facit « alnos proceras » esse. « Amarae », epiteton
corticis || naturale. *Tamen* alibi *iste* cortex, masculini *generis,
ut* : « Raptus de subere cortex » ; *juxta quod* cortex proferendum,
etsi *nunc,* feminini || generis. Phoeton, Climenis *et* Solis *filius,
quem dum* flerent (au-dess. : extinctum) *ejus* sorores sine
requie, Jovis miseratione in « proceras alnos » versae sunt. ||
Sed Virgilius in VIIII Aeneidos (2) ait in « populos ». *Hinc
quidam* accipiunt *hic* alnos pro populos ; *ubi hoc* plenius *et*
fabula posita. || *Sed hic* mira canentis laus : *non enim* loquitur,

---

(1) Dans le commentaire de Servius. *En.* III, 113.
(2) Erreur. C'est au ch. X, v. 190.

quasi factam *rem* cantare videatur, *sed* cantando *ipse* eam
facere, *quoniam non est,* || Phoetontiad(as) circumdatas *atque*
erectas, *sed circum-dat atque* erigit'; *unde quod sic non loquitur
quasi* facta 'sit *res, sed quasi ipse* canendo *faciat. Hinc* ||
canentis mira laus.

v. 64-65. *Sane* ingeniose *hominis* mentionem *cum* re quae
animam non habet miscuit. « *Tum* canit *ut* duxerit » quis ?
una. *Quarum ?* « sororum. » || *Quem ?* « Gallum. » *Quem* Gal-
lum ? « *errantem.* » *Quo ?* « *ad flumina.* » *Cujus ?* « Perm (essi.* »
Quo ? « *in montes.* » *Quos?* « Aonas ». Tous ces mots ajoutés au-
dessus). *Tum* cantat. « Errantem, » vagantem. « Permessi, »
nomen fluminis. Elicon *mons est* Boetiae *quae et* Aonia *et*
Aonix dicitur ; || *de hoc* multa emanant *flumina, inter 'quae
etiam* Permessus, *juxta quem* errare fatur Gallum. *Quaeritur,
cum* Permessus *a monte* Elicon Boetiae || unus fluvius, *cur
dicat :* « *ad flumina* Permessi. » *Cur ? quod ejus* brachia sint
plurima, adeo *ut, cum* sit *unum,* videantur plurima ; *igitur* ||
« *ad flumina* » *pro* Permessi magnitudine *sive* qualitate ;
dicendo « *ad flumina* » *demonstrat ejus* diversa brachia, *non
ut diversa sint* flumina. « Aonas *in montes,* » || *in montes*
Aoniae. *Et est accusativus* grecus. (espace blanc) *Qui sunt*
montes hi ? Helicon et Citheron, *in* hos *montes* Aoniae. « *Ut,* »
quemadmodum. « Duxerit, » || induxerit, traxerit, minaverit.
« *Una* sororum, » *id est una Musarum. Igitur* canit *quemad-
modum* induxerit, minaverit *una* Musarum Gallum || errantem
ad flumina Permessi, in Elicon *et* Citheron *montes* Aoniae, *id
est* Boetiae, *qui consecrati sunt Musis* et *in quibus Musae* (au-
dessus : *qui* incipiunt hinc ubi Venetia maritima sita *est.*) Erra-
bat || Gallus *ad flumina* Permessi, *et, cum* erraret, *deduxit* una
Musarum *in montes* Aonios, *per* metonomiam, *ad ceteras Musas.*
« Duxerit errantem, » || *est : dum* errabat.

v. 66-69. *Et* (au-dessus : *subaudis* « canit, » *quid ?*) « *ut*
assurrexerit » quis ? « *omnis* chorus. » *Cujus ?* « Phebi. » *Cui ?*
« viro. » *Cui* viro ? Gallo. « *Omnis* chorus Phœbi » *est omnes
Musae.* || Assurrexerit, elevaverit, *honorem* praebuerit. « Canit, »
nam sub-auditur « canit, » « *ut* dixerit » quis ? « Linus pastor. »
Quid ? « haec. » Cui ? « illi. » || Cui illi ? Gallo. *Qualiter* (ajouté
en clair au-dessus) « *divino carmine,* » (au-dessus : vel cum).
Qualiter ? « ornatus crines. » *Unde?* de « floribus. » *Et unde ?*
de « apio amaro. » « Linus, » ut retro (1), Apol || linis *filius.*

(1) *Egl.* IV, 56-57.

« *Haec,* » *demonstrativum* sequentium. « *Divino carmine,* » vaticinando, *vel quia divina* canebat (au-dessus : *ad* (?) partem vaticinabili, divinabili *vel* divinaticio ; praesagum enim sive praedicens *atque divinum* Lini carmen.) *Quare* « pastor? » *Quare, nisi quia poeta se pastorem,* id est || Linum *voluit* introducere? In bucolico *erat* carmine ; propterea finxit Linum pastorem fore. *Cujus* carmina, *cum ipse deus,* divina ; *inde :* « *divino* carmine.* » || « *Ornatus,* » compositus, politus, comptus. *Nominativi cum accusativo* supra dicta *constructio. In quo* corona *de* « floribus *et* apio ». « Amaro, « epiteton apii naturale. || « Ornatos *habens* crines *de* corona *quae* de « floribus *et* apio amaro ». *Quare de* « apio amaro » ? *quia apud veteres haec* coronae *species erat* in agone, *sed* in Nemeo || agone, *qui in honorem* Arcemori (au-dessus : *qui fuit* filius Lini) institutus *est. Quod* genus coronae, *ut quidam volunt, in* indicium mortis *est electum ; vel, ut* alii, *ut ostendat* Arcemori || luctum, *vel quod* supra *hanc* herbam reptans puer *a* serpente extinctus *est. Cujus* in agone *specialiter* apio coronantur *poetae.* || *Igitur* coronatus corona apii, *vel ut ostenderet se* in agone Arcemori, *vel ut* ea indicium *mortis* Arcemori, *aut ut ostenderet eum* in luctu || Arcemori, *aut quod supra hanc* herbam reptans *puer* extinctus sit.

v. 69-71. « Dant *tibi* », o Galle, *qui?* « *Musae* ». *Quid?* « calamos ». « En accipe ». || Quos? *eos,* « quos *ante* seni Ascreo ». *Sub-audis* per « dant » « dederant ». *Vel aliter ut* « *en accipe* » *per* parenthesin. « *Dant* », tribuunt, largiuntur, || concedunt. « Calamos », *pro* fistula, *ut* retro (¹) : « *Nec* calamis solum aequiperas » ; *per* metonomiam (au-dess. : fistula *est* tota, calami *pars* ejus.) « *En* », *demonstrandi adverbium.* « *Accipe* », cape, sume, suscipe, || apprehende. « *Musae* », Nymphae. « Ascreo », Hesiodo, ab Ascro Boetia evico *ubi* ille. « Ante seni », *quid est hoc? Quis ante* senex? una vice || convenit (au-dessus : quemquam) senem esse, *neque nobis* plus. Cur ante seni? *Secundum* fabulas Ascreus *iste, dum* pasceret pecus in Parnaso monte, raptus *est* || *a* Musis *et* factus munere calamorum (au-dess. : fistulae) *poeta* (au-dessus : *hoc illi dederunt* in munere). Cui *Musas* bis praestitisse fertur pueritiam, *inde* poeta : « ante seni ». *Similiter,* sicut *iste* || raptus *a Musis et factus* in munere *poeta* calamorum, *ita, dum* errabat Gallus *ad flumina* Permessi, ductus *ab una Musarum ad* ceteras *Musas* || *et factus poeta* calamorum in

---

(1) *Egl.* V, 48.

munere. *Qui* elegos scripsit *et fuit* praepositus *ad* exigendas
pecunias. *Quaeritur si* ipsa fistula sit Gallo ‖ dala *quae* fuerit
Ascreo ante seni. *Quomodo* aliter, *cum* « hos *tibi dant* calamos
quos Ascreo *ante* seni », *per* synedoche, *a* calamis *ipsa* ars
musica. ‖ *Igitur* « *hos tibi dant* calamos *quos* Ascreo *ante* seni »
est : « *hanc tibi dat* (¹) *artem* musicam *quam* Ascreo ante seni ».
(espace blanc). « Solebat (deducere » ajouté au-dessus) *quis ?*
« *ille* ». *Quis* « *ille* »? Ascreus. ‖ *Quid ?* « rigidas ornos ». *Unde ?*
de « montibus. » Qualiter ? « cantando ». *Cum quo ?* cum
« quibus », *aut a* « quibus ». *A* « quibus » usu habebat ; solitus
erat ‖ Ascreus ducere, trahere, inducere, minare *quid ?* « rigidas
ornos,» inflexibiles, duras, lapidosas. « Ornus », *arbor*. *Unde ?*
de « montibus ». ‖ *Qualiter ?* « cantando », *vel dum* cantabat,
vel dum cantabatur. *Quid in hoc ?* *Quod* ille *tam potens* in
calamis, *id est in dono quod* dederant illi *Musae, ut* eo de montibus ‖ arbores inflexibiles *et duras* duceret *secum, et* illae
sequerentur *eum pro sui* dulcedine cantus. « Ornos rigidas »,
per synedoche *pro omnibus* ‖ arboribus montium rigidis. *Cur
hoc ? pro* laude *et* augmento doni *tam* Ascrei *quam* Galli, *sed
magis pro laude et* augmento doni Galli, *quoniam* ‖ Ascreus
ejus causa introductus.

v. 72-73. « Dicatur » *quis ?* « *origo* ». « *Tibi* », (au-dess. : *id
est* a te). *Cujus ?* « Grynei nemoris », *Qualiter ?* cum « *his* ».
Quare ? ut non « sit » *quis ?* « aliquis lucus ‖ *ubi* jactet *se plus* »
quis ? « Apollo ». « Dicatur tibi », *ex antiqua construictione,
ut : videtur mihi, cernitur mihi.* « Dicatur, » laudetur. « Origo »,
initium, prosapies, radix. ‖ « *His* », *quid* subauditur ? calamis.
« Grineum nemus » *est in finibus* Ioniis Apollini *consecratum,
in quo* Calcas *et* Mopsus dicuntur *contentionem* ‖ *habuisse de*
peritia *divinandi* (aj. en clair au-dessus), *et cum* de pomorum
arboris cujusdam *contenderent* numero, stetit gloria Mopso ;
cujus dolore interiit ‖ Calcas. *Hoc autem* Euforionis *continent
carmina, quae* transtulit Gallus in latinum. *Unde est illud ubi
in fine* (²) Gallus *loquitur* : (au-dess. : « Ibo *et*) Calchidico » *et*
cetera. ‖ Calchis *enim civitas est* Euboae, *unde* Euforion fuerat.
Grineum nemus *est in finibus* Ioniis Apollini *a* Grino *ipso consecratum, vel a* Grina, ‖ Moesiae civitate, *ubi est* locus *arboribus
mullis,* jucundo gramine floribus*que variis omni tempore* ves-
titus, *abundans etiam* fontibus. ‖ *Quae* civitas *nomen accepit a*

(1) Pour *dant.*
(2) *Egl.* X, 50.

Grino, Euripili filio, *qui* regnavit in Moesia, *qui adversus* Tro-
janos *Graecis* auxilium tulit. Euri || pilus *namque* filius Telepi,
Herculis *et* Auges filii, *ex* Antioche Laomedontis filia, *fuit, qui*
Grinum procreavit. || Is *cum* patris occupasset imperium *et* bello
a finitimis temptaretur, Pergamum, Neoptolemi *et* Andromaches
||filium *ad* auxilium de Epiro provocavit, *a quo* defensus victor
duas urbes condidit, unam Pergamum *de nomine* Pergami, ||
alteram Grinum *ex* responso Apollinis. *In hoc* nemore Calchan-
tem vites (répété par le scribe) serentem *quidam* augur vicinus
|| praeteriens dixit errare, *non enim* fas *esse* novum *vinum inde*
gustare. At is, opere absoluto vindemiaque || *facta, cum ad*
caenam vicinos *eum-que ipsum* augurem invitasset, *protulit*
vinum *et, cum* diis libare in focum vellet, *dixit se* || *non* solum
poturum, *sed etiam* diis daturum *et* convivis. *Cui ille* eadem
quae ante *ei* respondit ; *ob hoc* deridens || *eum* Calchas adeo
ridere *coepit ut* repente intercluso *spiritu* oculum([1]) abiceret.
Varro ait vincla de || trahi solita, *id est* compedes catenasque *et*
alia *qui* intrarant in Apollinis Grinei lucum *et* || fixa *arboribus*.

Folio 7 recto, ligne 1. Laudetur, o Galle, *a te*..... fac tu
laudem et carmina originis « Grinei nemoris. » *Quare ? ut non
sit* (mot effacé : « ne ? ») *enim ut non* || aliquis « lucus ». *Ecce
quod* lucus *pro*..., *unde quod et* lucus *pro* nemore *et* nemus
pro luco. « *Ubi* jactet *se magis* Apollo. » « Jactet, *exornet* (?)
|| erigat, ambitiose glorietur ([2]) ; *nam* « jacto » ambitiose glorior.
Ad sensum : si laudaveris Grineum nemus *ejus-que originem,
non* jactabit || *se* plus Apollo in aliquo luco *quam* in eo. In quo
coaequatio. *Lauda ergo ut* nullus lucus placeat Apollini
sitque in quo || *plus se* jactet Apollo *quam* in nemore Grineo.
Quidam accipiunt plus *pro* tantum *et faciunt non* coaequatio-
nem, *sed* praelationem.

v. 74-77. « *Quid* loquar ? » *Primo sit* fabula ; || *hinc quia*
levior *causa*. Scylla, Forci *et* Creteidos nymphae filia, *virgo*
pulcherrima, *quam* cum Glaucus, *deus maris*, amaret amare-
turque || Glaucus *a* Circe *et* contempneret eam, illa irata fontem
in quo Scylla abluebat se, tinxit venenis, *in quem cum* descen-
deret (correction de descereret) pu || ella, posteriore *corporis sui
parte* in feras conversa *est ; hanc postea* Glaucus *fecit* deam
marinam (au-dessus : *quae* classem Ulixis *et* ejus socios evertisse
narratur.) Alii *volunt hanc* Scyllam *a* Nep || tuno amatam *et per*

---

(1) Pour poculum (Servius).
(2) *Nonius Marcellus* (éd. Quicherat), p. 372.

Amphitriten, *ejus uxorem*, metuentem pelicis formam, *a* vene-
nis Circes in monstrum marinum || conversam. Altera *fuit* Scilla,
(*unde quod* duae fuere,) Nisi, Megarensium *regis*, filia ; *contra*
quos *cum* Minos pugnaret, victis Atheniensibus, *propter* An-
drogei, || filii *sui, mortem, quem* Athenienses *et* Megarenses
dolo necaverant, adamatus *est ab* Scylla, Nisi filia, Megaren-
sium || *regis* ; *quae, ut* placeret hosti Minoi, comam (au-dessus :
auream) parentis abscisam hosti obtulit, *quam* Nisus *habebat*
consecratam *utpote tam*diu potiretur || regno quamdiu eam
habuisset intactam. *Postea autem* Scylla *a* Minoe contempta,
vel quod dolore contempta esset, || *vel quasi* parricida, *a* Minoe
ad puppim religata *est et* tracta ; *sed postea* in avem cyrim con-
versa, Nisus 'vero in || aquilam piscariam, *quae* duae aves
magna discordia flagrant *inter se, ut* in Georgicis *poeta* ([1]).
Igitur confundit fabulam *poeta,* || vertens *ejus ordinem. Non
enim* Scylla Nisi in monstrum marinum *conversa, sed* Forci.
Unde aut nomen pro nomine, *aut* ysteroproteron *et accipien-
dum* || *ut voluerit* utriusque fabulae mentionem facere. *Sed
Virgilius saepe* utitur *nomini pro nomine ; aut hic ita ut* Nisi
pro Forci, *aut* ysteroproteron, *ut* utriusque mentio || fabulae ;
sic : « *quid* loquar ? » (au-dessus : subauditur « *ut* narraverit »)
quid? « Scyllam Nisi, » *aut* « *quid* loquar ? » quid *sub-auditur?*
eam (au-dessus : Scyllam) *quam secuta est* fama. *aut* bis « aut »
accipiendum ; || « *quid* loquar ? » (au-dessus : scilicet « *ut* nar-
raverit ») « *aut* Scyllam Nisi, *aut* eam *quam* secuta *est* fama. »
« Vexasse » *quid?* « Dulichias rates ». « Succinctam » *a quo?* ||
a latrantibus monstris » *Per quid ? per* « candida inguina » (au-
dessus : *vel figurata* locutio). « *Et* lacerasse a ! timidos nautas ».
Ubi? gurgite || in alto ». *Qualiter?* cum « canibus marinis » (au-
dessus : Si nomen pro nomine similis junctio, *tamen* una deest
Scylla). « *Secuta est* ». appetiit, quaesivit,.... eam . « Fama »,
opinio, infamia *est, et* fama spes profuturi || numinis ([2]) ; *hic* :
opinio *vel* infamia. « Candida », alba, nivei coloris « Succinc-
tam », subtus cinctam, *subtus* ligatam, strictam. « Latranti ||
bus », gannientibus. « Inguina », *pars corporis.* « Monstris »,
portentis, prodigiis, ostentis. « Candida inguina », *non ut* essent
candida, *sed quae* fuerint || candida, *per quod* qualitas *ejus cor-
poris, dum ea in se, id est quod fuerit pulchra corpore. Igitur*
« succincta » *a* « latrantibus monstris » *per* « candida || inguina »,

---

(1) *Géorg.* I, 404-409.
(2) *Nonius Marcellus* (éd. Quicherat), p. 344.

non quae essent candida, *sed quae* fuerint candida, *verum etiam neque* tunc *vera* inguina, (au-dessus : *aut habentem* succincta inguina candida *de* latrantibus monstris.) « Dulichias », Itacenses, *a* || Dulichio monte *vel* Dulichia urbe, in regno Ulixis. « Vexasse », per tapinosin (ταπείνωσιν) (¹) ; *non enim* vexavit, *sed* evertit. « Vexasse » || *est* fatigasse, infestasse, portasse ; *sed hic per* tapinosin *pro* evertisse. *Quod* Probus (²) defendit hac *ratione* : « Vexasse *enim* || vis alieni arbitrii *est, non enim sui* potens *est qui* vehitur. *Bene ergo* inclinatum *est hoc* verbum ; *nam qui* fertur *et* rapitur *et* || huc *atque* illuc distrahitur proprie vexari dicitur.» A « veho » *vult* Probus « vecto » *et* « vexo », *ut* « vexasse » portasse (au-dess. : sit) *et procul dubio pro suo* arbi || trio evertisse. « Rates », naves. « Gurgite in alto », (au-dess. : *praepositio ordine* mutato). Gurges *est* locus altus *in mari sive in* flumine. *Quidam* in ratibus *et* gurgite *intelligunt* || tapinosin *esse, ut* evertisse dicat in gurgite alto *pro mari* profundo, *et magnum* perducat *per* tapy (nosin) *ad parvum* (aj. en clair au-dess.) *id est* || *ad* gurgitem ; *ipsum* (au-dess. : tapy (nosin) *vero* sublevans addat altum ; naves *ad* rates, *sed* in vexasse tapinosis (licet Probus aliter velit). « A », interjectio *dolentis.* || « Timidos » *quidam accipiunt pro* trementes, *sed* « timidos » *naturale* epiteton *videtur esse ; nam* nautae *sunt semper* timentes, *neque* securi *possunt* esse ; *hinc* cernitur « timi || dos » *pro* timentes *ut* epitheton nautarum. « Canibus marinis », *hoc quod* supra « latrantibus monstris » ; *nam ejus* inguina *dicuntur* « succinc || ta canibus marinis ». « Lacerasse », laniasse, discerpsisse, concidisse. « A timidos », *bene ex persona* dolentis, *quoniam tale dolendum* (aj. en clair au-dessus) scelus. || « *Quid* loquar ? » Oratorium schema, *cum dicimus nos nolle dicere et* tamen dicimus, *ut* (³) : « Quid memorem infandos cedes, quid facta tyranni || Effera ». Ait *se nolle ea dicere,* et tamen dixit; *quod solet esse ut* ostendatur *ea* magnitudo velut ad eam (au-dess. : magnitudinem), *quasi* nihil sit *quod* || subsequitur, *vel quando* demonstratur *a* multitudine gravatum se fore rei, *quasi* nihil possit loqui, *quod* in bono || et contra in malo. *Quaeritur quomodo* ysteroproteron, si non *nomen pro nomine, sed ut* utriusque *voluerit* fabulae

---

(1) Cf. *Donat, Ars Gramm.* Keil,.p. 395, cite Dulichias vexasse rates comme exemple de tapinosis.

(2) Citation de Probus, rapportée par Servius. cf. éd. Thilo et Hagen, III, 1, p. 80, 10.

(3) *Enéide,* VIII, 483.

mentionem facere; et semel, ut dixi, (au-dess. sit) « *aut* » || *aut* bis, *sicut* in Aeneidos I(¹) non *ut* « Non ignara *mali* miseris succurrere disco ». *Quomodo? quia* postponenda fuerat Scylla Nisi, || *non* praeponenda. *Hic* praeposita ; *inde* ysteroproteron. *Nam ante est* Scylla Forci *quam* Nisi conversa. *Sed quidam* ysteroproteron || *quod ante* sit « fama » *quam unde* fuerit *ea. Quod* si sit, *non solum* ysteroproteron, *si* utriusque fabulae *mentio, sed etiam si nomen pro nomine. Hoc autem non habetur* || in auctoritate. *Quid ergo ? ut* sit ysteroproteron, *cum hoc* accipiendum *ut voluerit* utriusque fabulae *mentionem facere aut sub-auditur :* « *quid* loquar? »

v. 78-81. ... || Fabula *primo ut* supra. Tereus *cum* Atheniensibus ferret auxilium *ac* Pandionis, *regis* Athenarum, accepisset Procnen filiam, || *et post* aliquod *tempus* rogaretur *ab ea ut* accersiret Filomelam sororem *suam* videndam, profectus Athenas, dum secum veniret || Filomela, in itinere consuetudinem *fecit cum ea et* linguam *ejus* abscidit ne facinus *hoc* posset indicare sorori, *atque* reliquit || eam stabulis, mentiens eam navigio perisse. Filomela vero *hanc rem* descriptam *de* cruore *suo* in veste misit sorori. || Qua re cognita, Procne Ytin filium *suum interfecit et* patri epulandum *obtulit.* Alii *volunt* finxisse Tereum socero Procnen, *sororem* (pour uxorem) *suam,* || mortuam *esse et* petisse *ut* in matrimonium daretur *ei* Filomela ; quo *dolore* compulsam Procnen occidisse filium || *et* patri epulandum dedisse. Quas *cognito* (au-dessus même mot en clair) scelere *cum* Tereus insequeretur, *omnes* in aves mutati *sunt :* Tereus in upupam, || Ytis in fassam, Procne in harundinem (pour hirundinem), Filomela in lusciniam. *Tamen* quidam *dicunt* eas navibus effugisse periculum *et ob* || celeritatem fugae aves appellatas. *Aut* « quid loquar ? » *Quid ?* « *ut* narraverit » *quis ?* Silenus. *Quid ?* « mutatos artus. » *Cujus ?* « Terei ». || « Narraverit, » dixerit, cecinerit, sonuerit, modulatus sit. « Mutatos, » conversos, versos, translatos. || « Artus, » *per* synedoche *totus* Tereus intelligitur mutatus; *nam de* homine factus avis, *ex quo quod* mutatus *totus. Igitur* « aut » « quid *loquar* » || *quemadmodum* modulatus sit mutatum Tereum, *id est* in avem conversum ; *nam, ut* fabulae habent *se,* upupa factus *ille.* « Terei, » || sineheresis, *ut* « Promethei. » « *Quid* loquar » (au-dessus : « *ut* narraverit » *sub-auditur.) Quid?* « dapes pararit. » Quas ? « quas *illi* Filomela. » « Pararit, » *per* syncopam *pro* paraverit. « Dapes, »

---

(1) *Enéide,* I, 630.

|| escas, cibos, epulas. « Pararit, » praeparaverit, composuerit,
exhibuerit ; *quod* de filio *quem* obtulit epulandum Tereo. Sicut
|| superior versus de conversione Terei, *ita* sequens *de* dapibus
filii. « *Quid* loquar » (au-dessus : « ut narraverit ») *dona quae*
pararit » *quis ? ̄* « Filomela. « *Cui ?* « illi ; » || *hoc* de capite *et*
pedibus filii *quae* optulit uxor satiato Tereo. « *Dona,* » munus-
cula, *munera.* « *Quid* loquar *ut* narraverit » *quid ?* || « quo cursu
.petiverit » quis ? « Tereus ; » quid ? « deserta. » « Cursus, »
velocitas pedum ; « cursus », volatus ; « cursus », navigatio(¹). ||
« Deserta, » abdita, *derelicta,* inculta, silvestria. « Petiverit, »
quesierit, appetierit, adierit. « Cursus, » *quia* deserta poterat ||
ad hominem referri, *sed magis* ad avem expedit intelligi. Ut sit :
« *Quid* loquar *ut* narraverit » *cum quo* volatu « petiverit Tereus »
quid ? || « deserta. » *Quare ? quia* sequitur. « *Et quid* loquar *ut*
narraverit » *cum* « quibus alis » supervolaverit « ante infelix »
quid ? || « sua tecta». « Infelix », *sine* felicitate, *sine* beatitudine,
miser, debilis ». « *Sua* tecta, » *suas* domos ; « Volitaverit, » *fre-
quenter* || volaverit. *Dicitur enim quod* tribus diebus frequenter
volaverit *super sua* tecta infelix ; *nam* infelix, *cum* de homine
avis ; || *postea quod* petierit volatu deserta; *ergo pro amore*
volitavit *super sua* tecta. *Inde quasi* invitus petiit deserta, || *si*
ante *super sua* tecta volitavit avis ; *procul dubio* deserta petiit
avis ; *pro quo* « cursu » pro volatu *debet* accipi. || *Quidam*
« ante » *ad* tecta ducunt, *ut :* « quibus alis volitaverit *super*
tecta ante *sua.* » *Quaeritur cur* dicat dapes Filomelam || parasse,
cum non paraverit illa, *sed* Procgne. *Cur ? aut* abu(t)itur
nomine pro nomine suo more, *aut* imputat *ei* || *pro* qua factum
cernitur esse.

Folio 7 verso, ligne 1. *Hic quidam* codices : « Athlanta, Yppo-
menes, Gallus, Linus, Permessus, Passiphe, Pr(oetides ?) »...
quidam ante : « *quid* loquar ? » || *Quod* dictae rei recapitulatio,
quae in neutro *debet esse,* nisi *ponenda* sit recapitulatio in con-
textu *quasi* historia. *Hoc autem non recipit* || auctoritas. *Tamen*
in quodam expositore *Virgilii* reperitur *ante* « *Quid* loquar » ;
etiam et juxta Phetoutides Melampus, *sed* in eo *quod suum erat*
exponere || Virgilii *autem* historia *per se debet esse ; igitur
juxta* « supervolitaverit alis, » *autem* interpositione aliqua.

v. 82-84. « *Omnia* » et cetera. « *Canit* » *quis ?* « *ille.* » *Quis*
« *ille ?* » Silenus. || *Quid ?* « *omnia.* » *Quae* « *omnia ?* » « *quae*
audiit quondam » *quis ?* « *beatus* Eurotas. » *Qualiter ?* « medi-

---

(1) *Nonius Marcellus* (éd. Quicherat), p. 277.

tante Phoebo ; » *quem quidam volunt septimum* (s.-ent. probab. :
casus). « Quondam » *quidem et ad* « audiit » *et ad* ‖ « meditante
Phoebo » *potest referri*. « *Et jussit* » *quis* ? « Eurotas; » « ediscere »
quid ? « lauros ; » (espace blanc) *cujus* ? *cujus nisi suas* ? (au-
dessus : id est « Eurotas. ») « *Omnia*, » *cuncta*. « Phoebo, »
Apolline. « Quondam, » olim. ‖ Meditante, modulante, canente,
reboante. « *Beatus* », *felix*, *dulcis* (au-dessus : .....).
« Audiit, » accepit, sensit, *intellexit*. « Eurotas, » fluvius Laconum. « *Jussit*, » imperavit, ‖ praecepit, injunxit. « Ediscere, »
valde meditando consequi ([1]). « Laurus, » *arbor*. « *Canit*, »,
modulatur, cantat. Silenus *canit ea cuncta*. « Canit » *enim*
praesentis ‖ *temporis*. Ait *quae* audiit *aliquando beatus* Eurotas,
dum meditabatur, modulabatur Apollo, *et omnia quae* audita
ab Apolline *jussit suas* lauros medi- ‖ tando *valde* consequi.
« Eurotas » fluvius *est* Laconum, *ubi namque* Apollinis *tem-
plum*. *Quem* fluvium *dicitur* Apollo dilexisse *propter* yacinc-
tum (au-dessus : *qui* nascitur *circa eum*); *at ex re* (?) ‖ *cujus*
lauris *plenae sunt* ripae. *Quidam accipiunt* « Eurotas » *pro*
« numen fluvii, » lauros *pro* « vates ejus. » *Igitur* canit *ille
omnia quae* audiit (au-dessus : quondam) numen *beati* flumi ‖
nis Laconiae, *dum* meditabatur Phoebus, *et ea cum* studio
jussit meditando *consequi* (ajouté en clair au-dessus) *suos* vates ;
vel sic (?) *vel ut ante*. Numina videlicet *fluminum* ‖ *sunt secundum* gentiles *quae apparent* (?) *in propria specie sive* loquntur
atque praedicunt *multa*.

v. 84-86. « Referunt » *quae* ? « valles pulsae *ad sidera*. » *Quid?*
(au-dess. : *quid*) *nisi omnia quae canit* ille ? ‖ « Referunt »,
ferunt, *vel* perferunt. *Tamen* in *subsequenti* (aj. en clair au dess.)
alias « *referre* ». « Pulsae », ictae, verberatae, tactae. *Quo?*
« *ad sidera* », *id est ad caelum. Qualiter ad caelum?* per echo.
‖ *Per* echo porro *ferunt*, *perferunt* « ictae valles *ad sidera* »
quae canit Silenus *omnia*. *Quanto tempore* (au-dessus : « *referunt* ? ») « Donec *jussit* cogere » *quis* ? « Vesper » ; *quid* ? ‖
« oves »; *cui*? « stabulis ». « *Et donec jussit* » *quis*? « Vesper »;
« *referre* » *quid*? « numerum; » *cujus*? ovium. « *Et donec* processit» *quis*? «Vesper; » qualiter? « invito ‖ Olympo ». « Cogere »
colligere. « Donec », quousque. « *Oves* », *greges*. « Stabulis »,
ovilibus, septis. « *Referre* », recensere. « *Jussit* », imperavit,=
preacepit. « Invito », nolente. « Olympo », *caelo*. « Processit »,

---

(1) *Nonius Marcellus* (éd. Quicherat), p. 321, à propos de Discere : Discere est
ignotam rem meditando assequi.

accessit, advenit, ortus *est*. Laudatur in tribus voluptas ‖ cantilenae Sileni *atque* cantus : in vallibus, *quod* talis *delectatio*
cantus *sive* ipse (au-dess. : cantus) *quod* « *referunt* » per echo
ipsae « ictae *ad sidera* », ‖ *quasi* delectatione plenae laetando.
Duobus in versibus sequentibus *laudatur* voluptas cantilenae
Sileni in duobus : *in eo quod* invitus et ‖ *nolens* recessit *dies*,
et in eo quod, *pro* nimio *amore* Sileni cantilenae, « processit
Vesper ». Vesper *quasi* ante *tempus* osten ‖ ditur nasci *pro*
amore nimio Sileni cantilenae; tenebatur *enim quod nisi* ori-
retur *ante*; *dies nolens et* coactus recessit; ‖ *tantum* delectabatur
cantu Sileni *ut* recesserit coactus *neque volens*. *In quibus* duobus
laudatur voluptas cantilenae Sileni. ‖ In : « cogere *donec oves*
stabulis *numerum-que referre* », (au-dessus : *id est* : numerare)
et in subsequenti, *tempus quo* fuerit cantilenae *finis etiam-que*
laus *solis cujus* claritas tanta ‖ *ut* laetetur ea Olympus. *Enim-*
vero inchoavit mane, cecinit*que usque ad ortum* stellae *quae*
dicitur Vesper, *id est usque ad noctem*. *Bene tempus demonstrat*
quo fuerit finis ‖ *et*, *ut* in initio, facit *in fine esse quae conve-*
niunt bucolico *carmini sunt-que* illi. *Sit ergo finis*.

APPENDICES

I

NOTICE SUR LE POÈTE JUVENCUS.

A la suite d'un article intitulé : « Die Berliner Centones der Laudes Dei des Dracontius([1]), » Wilhelm Meyer a publié en 1890 deux facsimilés d'après un manuscrit de Berlin (Codex Meermann-Phillipps 1824) du ix° siècle, conservé avant 1764 dans le collège de Clermont à Paris. La page la plus intéressante (fol. 7 v°) contient, en caractères tironiens, une véritable notice sur le poète chrétien Juvencus, que Wilhelm Schmitz a déchiffrée([2]) avec moins de succès qu'il n'avait l'habitude. Dans le texte, que ce vieux spécialiste avait transmis à W. Meyer, beaucoup de difficultés n'ont pu être surmontées, et les lectures données sont souvent fautives. Ayant trouvé le moyen de lire autrement une cinquantaine de mots, nous publions ici notre transcription.

Juvencus nobilissimi generis Hispanus, presbyter tam corporis quam animi, composuit hunc librum (h)exametris versibus colligens ex quattuor evangelistis, Matthaeum scilicet, Marcum, Lucam || *et Johannem. Quamvis ipsi diverse fuerint* locuti, *iste tamen unum atque idem locutus* (pour *locutos*) *fuisse demonstrat. Floruit namque temporibus Constantini. Namque ut hoc* || *laboribus perficeret invitatus est a veteribus auctoribus,* qui *veteres auctores, magnum ingenium fructi,* libros non *ob aliud quam ut gloriam nominis sui et memoriam* || *perennem habuissent composuerunt. Ex* quibus *apud Graecos ortus est* Omerus *qui dicta itinera sive gesta virorum Dardaniae in sua lingua (h)exametris versibus composuit.* || *Fuerunt etiam multi* traici *qui luctuose carmen composuere. Iste quoque bonus vir, videns eorum historias et eorum carmina non in honore Dei omnipotentis* || *esse compacta et nihil aliud in eorum dicta ad*

(1) *Sitzungsberichte der Berl. Akad.* 1890, p. 257 et suiv.
(2) *Ibid.*, p. 295-296.

profectum *audienti nisi laetitiam et jocularitates et fabulas,
profecto edere hunc librum* ‖ non *ob gloriam et memoriam
nominis sui perennes, sed in honore Dei omnipotentis gesta* vel
facta filii sui quae per universum mundum gessit vel *dixit,
statuit.* ‖ *Dicta autem horum quattuor evangelistarum in uno
corpore copulavit ediditque hos* VIII *versiculos exponens in eis
figuras quattuor evangelistarum.* ‖ *Dicunt enim quidam auctores non compositos fore hos versiculos a Juvenco, sed potius
ab aliis, eo quod non ita ut sancti patres, videlicet Augustinus,*
‖ *Hieronimus,* Ambrosius, *Gregorius, Hilarius et ceteri, et
nunc sancta tenet Ecclesia, figuras eorum exposuerit, ut
scilicet Matthaeum in homine, Marcum leone, in Luca* ‖ *vi-
tulum, in Johanne aquila cogeret supponi* (?). *Beatus namque
Augustinus parum discordans a ceteris Matthaeum in homine,
Marcum in aquila, Lucam in vitulo,* ‖ *Johannem in leone pro-
pagavit* (?). *Namque* Ezechiel *propheta vetus in visu vidisse
quattuor animalia praefatur quae uticumque quattuor evan-
gelistae manifestant* (?) *ita vidisse* ‖ *eos sicut nunc sancta Ecclesia tenet et teneat cum venerit et erit* (?) *facie hominis et
facie leonis et facie vituli et facie aquilae.* ‖ *Et beatus Johannes
in* Apocalypsi *ita ex ordine vidisse se eos profert.*

SERMON DE SAINT METHODIUS

ÉVÊQUE DE PATARA.

Le manuscrit de la Bibliothèque nationale *Nouv. acq. lat.* 1595, décrit par L. Delisle (¹), provient de Saint-Martin de Tours. Il fournit à la fin trois pages avec des notes tironiennes. Le fol. 136 v° offrant des extraits de la vie de saint Augustin, par Possidius a été publié entièrement par M. Chatelain (²). Le fol. 137 contient une version latine d'un sermon de saint Methodius, précédé de la préface du traducteur (³).

Amor est *karitatis* et adminiculum *pacis quae* [nostrum circa vestrum se]pius inflammat *desiderium cordis. Nam hanc* nullus ‖ ambigat *esse dilectionem minime veram quae illud* Decalog[i implet] affectum. « *Diliges, inquid, proximum tuum sicut* temetipsum ». ‖ Hunc *nos quoque tam divini carminis* meditantes versiculum, *optamusque vocari ipsius sanctae karitatis* consortes, *unde amore* compul ‖ si *dilectionem vestre fraternitatis non quasi* doctiores, *sed ut vere in virtutum* tramite *valde minores et in lege divina* multumque ‖ imperit[i]ores, *sed ut* praefatus *sum, amor* imperat *quod amatur* instat *ut maneat. Amans vero* oboediendo cervi ‖ cem subponit, obtemperans *propter* subjectionem *sacrificio meliore ; karitas* vero urguet *nostraque humilitas aliquos vobis* api ‖ ces *de scripturis sanctis* intimare *ob* animi *vestri desiderio* rogati, *quod nos propter oboedientiam karitatis respondimus esse futuros,* ‖ *si* vita *tamen fuerit, in Dei* arbitrio impleturos. *Nunc vero non, ut* temere arbitremur, *a quibusdam* ‖ *quasi nostrum aliquid inferamus, quia non desunt qui karnaliter* sapientes insultent, *etiamsi eorum* auribus aliorumque *proficiat veritatis* au ‖ ditus, et *maxime his temporibus quibus nos*

---

(1) *Catalogue des manuscrits des fonds Libri et Barrois*, p. 22-24.

(2) *Introduction à la lecture des notes tironiennes*, p. 213-214.

(3) Un manuscrit mérovingien, Bibl. nat. *lat.* 13348, fol. 93 v°, contient ce même texte précédé du titre : « Methodii episcopi Patarensis sermo de fine mundi, cum praefatiuncula Petri monachi ».

conspicimus *et factis* vitiisque *constringi praesentibus* ; auribus praecipue ‖ contemptorum *melius vel* competencius *praeteri-lorum doctorum seu* priscorum *Patrum* dormientiumque ‖ *jamdudum in Christo* (¹) sensibus insinuare doctrinam. *Beati igitur* Methodii *episcopi* Paterensis *ecclesie* ‖ *et martyris dicta de graeco in latinum transferre sermonem curavi ; et quoniam nostris sunt* aptius *prophetala temporibus* in quos *fines saecu-lorum* ‖ *sicut apostolus inquid Paulus, pervenit ut jam per ipsa quae nostris cernimus oculis vera esse credamus ea quae praedicta sunt a patribus nostris ; propter quod* ‖ *magis* arbi-tratus *sum hunc* libellum *de graeco in latinum vertere* labrum.

‖ *Quingentesimo anno* in eadem *prima* chiliaden *filii* Cain abu-tebantur *uxore fratrum suorum* in fornicationibus ‖ nimiis ; *sex-centesimo autem anno ipsius* primi miliarii stuprum *amore* for-nicationis *istorum mulieres* conlap ‖ sae *sunt vel duae et* in vesa-niam versae *sunt. Nam sic viris tanquam mulieribus superegres-sae* utebantur *et factae sunt vere,* ‖ clarius *ut dicam,* confusio *videntibus* et fornicationem suam *inverecunde comparantibus.*

‖ Cumque conprehenderint *civitatem* Joppen, *emitt et Dominus Deus unum ex* principibus miliciae *suae* et per ‖ cutiet *eos in uno* momento *temporis et post haec descendet rex* Romanorum et demorabitur *in Hierusalem* (?) (¹) septimana ‖ *temporum et* dimidia *quod sunt decem anni et* dimidium ; *et cum* supple-buntur *decem et dimidium, apparebit filius perditionis.* ‖ *Hic* nascetur *in* Chorozain *et* nutrietur *in* Betsaida *et regnabit* in Capharnaum *et adpellabitur* Chorozain ‖ *eo quod* (¹) *natus in ea est, et* Betsaida *propter quod* nutritus *est in ea*, et Capharnaum *ideo quod* regnaverit ‖ *in ea. Propter hanc causam in evangelio Dominus tertio sententiam dedit dicens :* « *Ve tibi,* Chorozain, *ve tibi*, Betsaida, *et tibi.* Caphar ‖ naum. *Si usque in caelum* exaltaveris, *usque in* infernum *descendes* (²) ». *Et cum appa-ruerit filius perditionis, ascendet rex* Roma ‖ norum sursum in Golgotha, *in quo confixum fuit lignum sanctae crucis et in quo loco pro nobis Dominus mortem sustinuit, et tollet ipse* ‖ *rex* Romanorum *coronam de capitae suo et* ponet *eam super* crucem *et* expandet *manus suas in caelum et tradet regnum* ‖ Christianorum *Deo et Patri*, et assumetur *crux in caelum* (¹) *simul cum corona regis. Propter quod? Quia crux in qua* pe-pendit ‖ *Dominus noster Hiesus Christus* (¹) *propter communem omnium salutem, ipsa crux incipiet comparere ante eum in*

---

(1) Ces deux mots en un seul signe.
(2) *S. Matthieu*, XI, 21-23.

adventu ipsius ad arguendum perfidiam *infidelium* || *et comple-*
bitur prophecia David quae dicit : « *In* novissimis *diebus*
Ethiopia *praeveniet manus ejus Deo* », *eo-quod ex semine*
filiorum || Chus et *filiae* Phol *regis* Ethiopiae *jam* novissimi
praevenient manu sua Deo. ·Et cumque exaltabitur || *crux*
in caelo (¹), sursum *etiam tradet continuo spiritum suum* Roma-
norum *rex* ; *tunc* destruetur *omnis* principatus *et* || *potestas.*
Cum autem apparuerit · manifestus filius ·perditionis. Est
autem hic de tribu Jacob, sicut ipse dicit Dan : *serpens in via* ||
accubans *in semita* momordens calcaneum equi, et *cadet*
ascensor retrorsum· salutare *Domini* || *sustinens*. Equos *igitur*
est veritas et pietas *justorum*, calcaneum *vero* novissima *dies*,
et hi sancti qui in eodem || *tempore super* equo, *scilicet super*
veram fidem, equitantes *persequuntur a serpente sive filio*
perditionis, in calcaneo || mordentur, *videlicet in ultima die*, in
fantasiis *et in* mendacibus *signis quae fient ab eo*.

(1) Ces deux mots en un seul signe.

III

HOMÉLIE DU VIIIᵉ SIÈCLE SUR LA PÉNITENCE.

Le manuscrit 611 de Berne (v. ci-après, appendice IV, 36)
contient plusieurs pages d'homélies dont le texte est mêlé de
notes. La lecture suivante est celle du folio 91 v°, dont les lignes
24-26 présentent quelques difficultés. (V. à la fin de cette publication les particularités tironiennes de ce manuscrit.)

.: . . . . . in malo suo perinnierint, ituri sunt in aeternum Deo
retribuente suppli(cium), || quod si ipsi sibi judices fiant et veluti
suae iniquitatis (¹) ultores, *hic in se* voluntariam *poenam* sae-
verissi || mae animadversionis (²) exerceant, temporalibus poenis
mutabunt aeterna || supplicia *et lacrimis ex* vera *cordis* com-
punctione fluentibus restinguent aeterni ignis inceo || dia. At hii
qui, in aliquo gradu ecclesiastico constituti, aliquod occulte cri-
men ad- || mittunt, *jam se vana persuasione decipiunt, si eis*
videtur propterea communicare *et officium suum implere* ||
debere (?), quod homines occultatione *sui criminis fallunt.*
Exceptis enim peccatis *quae tam* parva sunt *ut* cavere || *non*
possint, *pro* quibus *expiandis quotidie Deo clamamus et dici-*
mus : « *Demitte nobis debita nostra, sicut et nos demittemus*
debitoribus nostris », *illa crimina caveantur* || *quae* publicata
suos auctores humano faciunt damnari judicio. *Qui autem ea*
commiserunt et ideo || prodere metuunt, *ne sententiam* justae
excommunicationis accipiant, *sine causa* (³) communicant ; ||
immo vero dupliciter *contra se irae divinae indignando* (⁴) exag-
gerant, *quod et hominibus innocentiam fingunt, et contempto*
Dei judicio || *abstinere se ab* altari *palam homines erubescunt.*
Quanto facilius *sibi Deum* placabunt *illi qui non humano con-*
victi *judicio,* || sed ultro *crimen* agnoscunt ; *quia aut propriis*
illud confessionibus produnt, *aut* nescientibus aliis quales ||
occulti sint, *jam in se* voluntariae *excommunicationis senten-*

(1) Littéralement *iniquitates.*
(2) -nes corrigé en -nis.
(3) Ces deux mots en un seul signe.
(4) On attendrait : *indignationem.*

liam feriunt, *et*, *ab* altari, *cui meluehant, non animo, sed officio* ‖ separati, *vitam suam tanquam* mortuam plangunt, certi *quod*, reconciliato *sibi* efficacis paenitentiae fructibus Deo, non solum amissa recipiant, *sed etiam* cives supernae civitatis effecti, ‖ *ad gaudia sempiterna* perveniant. ¶ *Qui illi peccata aliena perniciter accusant, qui sua non cogitant;* tamdiu enim *quis peccata sua, quae* nosse ‖ *et deflere debet, ignorat,* quamdiu curiose *aliena considerat ; quod si* mores *suos ad se ipsum confessus aspicit, non requiret quod in aliis* ‖ specialiter *reprehendat, sed in se ipso quod* lugiat (¹). *Proinde fratrum nostrorum vicia non* facile *debemus accusare, sed gerere ut invicem* ‖ onera *nostra portantes legem Christi possimus implere, qui utique non accusavit peccata nostra, sed tulit, evangelista dicente :* « *Ecce agnus* (²) *Dei, ecce qui tulit* ‖ *peccata mundi.* » *Itaque si ille qui sine ullo peccato fuit, nos peccatores ineffabili pietate*(³) *suslinuit et sustinere non* desinit, *non interitum nostrum desiderans, sed profectum,* ‖ *nec mortem peccantium, sed salutem, nos quare amplexus nostri salvatoris* (⁴) *et domini non sustineamus infirmus, cum et ipsi aut infirmi sumus et volumus a Deo portari,* ‖ *aut, si sani sumus, possumus adhuc* fragiles infirmare* (⁵). + Nihil *in hoc mundo casu aut injuste, sed omnia Deo jubente fiere* (⁶) *prudenter accipiant* (?). *Aliter intelligentes aut decipiant spem* (⁷) *aut arguant doloris vocatus ac diversas infirmitates quae*..... (⁸) *viventes adfligunt;* ...... ‖ .... *praesentibus* sequi, *sed*....... (⁹) *ex ipsa conditione*....... accendi corruptibiliter natis *intelligant, et scientes se* ‖ *non damnari*.... *praesentium, sed probari, ex ipsa tolerantia*...... *occupationem* (¹⁰) *sibi* conparandae *patienciae* viriliter *agentes* ‖ arripiant, *nec ipsi aliis noceant nec sibi nocere permittant. Et Dominus in Evangelio* (¹¹) *praecipit, dicens :* « *Estote prudentes sicut serpentes et simplices sicut columbae* (¹²); » ‖ *quia*

(1) Pour lugeat.
(2) V. Appendice VI, 2°.
(3) Littéralement *pietates.*
(4) Confusion du scribe qui, littéralement, abrège *saltatoris.*
(5) Pour infirmari.
(6) Pour *fieri.*
(7) A partir de ces mots et dans les trois lignes sbivantes quelques signes sont très obscurs.
(8) Peut-être doit-on lire *mortaliter.*
(9) Le signe a peut-être le sens de *pollicentur.*
(10) Pour *occusionem ?*
(11) Saint Matthieu, X, 16.
(12) On devine plutôt qu'on ne lit *columbae.*

nec simplices circum-venire aliquos *possunt, nec prudentes se circum-veniri permittunt : de cetero si in* contracto *quo-libet sive in colloquio vel in alia* || *quaqua re se decipi quisquis non* sinat, *et alium tamen ipse decipiat, is non habet prudentiam, quae salutis magis quam perditionis est causa, sed* simu || lat, *quoniam quidem hoc virtus a vicio distat.* (espace blanc). *Aut si cogitat de perditione cujusquam vel de casu......* exsatia-bilis, *necesse est ut prius* || *pereat ipse quam alium perdat, et ab ipso ea perditio, qua perire alium cupit, incipiat.*

..... *dire ut juste non dominum iniquitas, sed subdatur semper paupertas voluntati ; nec humanis nos cogit derelictum, sed tua, quia falli non potest, gubernatione dis-positum.*

IV

LES MANUSCRITS TIRONIENS.

La liste qui suit donne l'indication, avec quelques références jugées utiles, des mss qui ont été signalés jusqu'à ce jour comme renfermant peu ou beaucoup de notes dites tironiennes.

Ils sont classés d'après leur contenu :

1° Lexiques tironiens.

2° Psautiers.

3° Textes et fragments de quelque étendue.

4° Gloses marginales ou interlinéaires et fragments très courts.

5° Tachygraphie syllabique.

Un tableau permet ensuite un coup d'œil d'ensemble sur les richesses respectives de chacune des bibliothèques d'Europe, en ce qui concerne la matière.

Il est évident qu'un pareil inventaire est forcément incomplet ; il ne cesserait de l'être que le jour où les tironianistes auraient eu la patience et le loisir de feuilleter, page à page, tous les mss latins antérieurs au XII° siècle.

Aussi la présente publication n'a t-elle pas seulement pour but de rassembler en quelques pages des renseignements jusqu'ici épars en beaucoup d'ouvrages et de revues ; mais elle est surtout un appel à la bonne volonté des paléographes qu'intéresse la tachygraphie latine du moyen-âge. Nous leur saurons gré, s'ils nous aident à augmenter cette liste jusqu'à en faire un catalogue véritable.

1° Lexiques tironiens.

Tous ces lexiques, excepté le 1597 A de notre Bibl. Nat., ont été publiés par W. Schmitz en deux de ses ouvrages :

1° les *Notae Bernenses (Beilage zum Panstenographikon*, 1874, in-fol.), qui contiennent les fragments de lexiques des mss. 358 et 668 de Berne ;

2° les *Commentarii notarum tironianarum* (Leipzig, 1893). Dans la préface de ce dernier ouvrage, p. 5-9, l'auteur donne une description résumée de chacun des recueils publiés par lui, avec des indications bibliographiques que nous n'avons pas jugé à propos de reproduire ici.

De même, la principale source où nous avons puisé les éléments de ce répertoire est l'ouvrage, si abondamment documenté, de notre maître : CHATELAIN, *Introduction à la lecture des notes tironiennes* (Paris, 1900).

Nous y renverrons donc maintes fois le lecteur en nous dispensant de transcrire ici les références que l'on y trouvera.

1. — **Berne, 358**. Partie de lexique (un *quaternio*).

2. — **Berne, 668**. Partie de lexique ; contient aussi des psaumes (v. plus loin n° 23).

3. — **Bruxelles, 9311**. Fragment de lexique ; du IXe ou Xe siècle.

4. — **Cassel.** Lexique du IXe siècle.

5. — **Genève, 85**. Lexique du IXe siècle.
> Cf. CHATELAIN, *l. c.*, p. 232 et planche XVI.

6. — **Göttweig**. Lexique du IXe siècle.

7. — **Leyde, Voss lat. O, 94**. Lexique du IXe ou Xe siècle.
> Cf. CHATELAIN, *l. c.*, p. 232 et pl. XVIII.
> *Ar hiv fur Stenographie*, 1902, p. 161 et 1905, p. 244.

8. — **Leyde, Voss. lat. Q, 93**. Lexique ; copie du 8779 de notre Bib. Nat., faite au XVIe ou XVIIe siècle.
> Cf. *Archiv f. St.*, 1902, p. 172 et 1905, p. 244.

9. — **Leyde**. « Vulcanii fragmentum » ; du XVe siècle.
> Cf. *Archiv f. St.*, 1905, p. 244.

10. — **Londres, Br. M., add. ms 21464**. Lexique du Xe siècle.
> Cf. CHATELAIN, *l. c.*, p. 232 et pl. XVII.
> *Archiv f. St.*, 1882, p. 13.

11. — **Paris, B. N., lat. 190**. Fragment de lexique ; du IXe siècle ; contient aussi des psaumes (v. plus loin n° 25).
> Cf. CHATELAIN, *l. c.*, p. 232 et pl. XV.

12. — **Paris, B. N., lat. 7 493.** Lexique du x⁰ siècle ; porte au dernier folio une copie d'un *prologus de vulgaribus notis* faite en 1598 par Gosselin, bibliothécaire de Fontainebleau, qui l'avait empruntée au fol. 1 du ms. 8779 (v. plus loin n° 15).

Cf. *Archiv f. St.*, 1905, p. 244.

13. — **Paris, B. N., lat. 8777.** Lexique du x⁰ siècle ; venu de Corbie.

14. — **Paris, B. N., lat. 8 778.** Lexique du x⁰ siècle.

Cf. *Archiv f. St.*, 1905, p. 244.

15. — **Paris, B. N., lat. 8 779.** Lexique du ix⁰ ou x⁰ siècle (cf. n°ˢ 8 et 12).

16. — **Paris, B. N., lat. 8 780.** Lexique du ix⁰ ou du x⁰ siècle ; venu de Reims.

17. — **Paris, B. N., lat. 1 597 A.** Fragment du lexique tironien, avec décompositions des signes ; publié en 1905 dans notre *Manuel tironien du x⁰ siècle* (libr. Champion).

Cf. *Archiv f. St.*, 1906, p. 273-280 et 312-320.

18. — **Paris, B. N., fr. 19 116 et 9 181.** Ajoutons, pour mémoire, deux mss. français dont le premier, le 19116, contient un alphabet tironien composé, en 1567, d'après le psautier de Saint-Germain-des-Prés (B. N. lat. 13160, v. plus loin n° 27), par Pierre Hamon (Cf. *Revue internat. de Sténogr.*, oct. 1905) ; et dont le second, le 9181, donne une reproduction, très inexacte, du même alphabet, que l'on retrouve aussi dans le *Nouveau traité de Diplomatique.*

19. — **Rome, Vatican. 3 799.** Lexique du ix⁰ ou x⁰ siècle.

Cf. *Archiv f. St.*, 1899, p. 189 et 1902, p. 161.

20. — **Strasbourg.** Lexique collationné par Schmitz en 1869 et brûlé en 1870. C'est le ms. A (Argentoratensis) des C. N. T., qui nous l'ont ainsi heureusement légué.

21. — **Wolfenbüttel, 2 989 (Aug. 9, 8).** Lexique du ix⁰ siècle.

22. — **Wolfenbüttel.** Fragment de lexique ; du ix⁰ siècle.

2° PSAUTIERS.

Pour tous ces psautiers, v. CHATELAIN, *l. c.*, p. 223-226 et planches VII-XI.

23. — **Berne, 668**. (V. n° 2.)

24. — **Londres, Br. M.**, add. 9046.

25. — **Paris, B. N., lat. 190**. (V. n° 11.)

26. — **Paris, B. N., lat. 1327**.

27. — **Paris, B. N., lat. 13160**. Venu de Saint-Germain-des-Prés. Cf. *Archiv f. St.*, 1901, p. 188 sqq.

28. — **Paris, B. N., lat. 17960**. Copie du précédent, faite au XVII° siècle.

29. — **Paris, B. N., n. a. l. 442**. Venu de Montpellier.

30. — **Wolfenbüttel, 3025, Aug. 13**. Publié par LEHMANN (Leipzig, 1885).

3° TEXTES ET FRAGMENTS DE QUELQUE ÉTENDUE.

31. — **Bamberg, B. roy., Q VI, 32 (Theolog. 46)**. Ms de Boèce, contenant, outre des gloses interlinéaires en notes (fol. 1-21), des homélies, avec notes mêlées au texte, d'un certain Héricus d'Auxerre (fol. 41-45).
    IX-X° siècle; venu de Reims. Cf. *Katal. der Handschr. zu Bamberg*, 1er vol. 3° fasc , p. 407-409.
    Archiv f. St., 1905, p. 87 (note).

32. — **Berlin, 169 (Phill. 1824)**. Juvencus, historia evangelica; Cf. p. 42 de la présente publication et cf. VAL. ROSE, *Verzeichniss der Handschr. zu Berlin*, t. I, p. 382.

33. — **Berne, 109**. Extraits de saint Augustin, de Salvien, du médecin Marcus et, en notes, une épigramme d'Octavianus Augustus.
    X° siècle;
    venu de Saint-Basle de Reims.

Cf. CHATELAIN, *l. c.*, p. 142.

HAGEN, *progr. Univ. Bern.* 1880.

Rhein. Mus. XXXV, 1880, p. 569 sqq.

BAEHRENS, *poet. lat. min.* IV, p. 111.

34. — **Berne, 207.** Recueil de grammairiens.

    Cf. CHATELAIN, *l. c.*, p. 128.

35. — **Berne, 357.** Extrait et résumé de Priscien (f⁰ 25 et fol. 32 v⁰).

    Cf. CHATELAIN, *l. c.*, p. 128 et planche I.

36. — **Berne, 611.** Theologica varia (viiiᵉ-ixᵉ siècle). Homélies en notes aux folios 87 r⁰ et v⁰, 88 r⁰, 90 v⁰, 91 r⁰ et v⁰, 92 r⁰.

    SCHMITZ a publié le déchiffrement des fol. 87 r⁰ et v⁰ et 88 r⁰ dans *Deutsche Stenographenzeitung*, III, 1ᵉʳ déc. 1888, p. 360 sqq.; puis il a donné sa lecture des fol. 90 v⁰ et 91 r⁰ dans *Commentationes Wölfflinianae*, Leipzig, Teubner, 1891, p. 9-13; pour la lecture du fol. 91 v⁰, v. Appendice III de la présente publication.

    Cf. plus loin n⁰ 51.

37. — **Chartres, 13.** Fragment de commentaire sur les Bucoliques de Virgile.

    V. préface et pages 1-41 de cette publication.

38. — **Genève, 84.** Nonius Marcellus.

    Cf. CHATELAIN, *Mélanges Julien Havet*, p. 81.

39. — **Laon, 444.** Contient, au fol. 275 v⁰, une souscription en notes. ixᵉ siècle.

    Cf. CHATELAIN, *Introd.*, p. 140 et bibliogr. p. xiv, l. 3.

40. — **Leyde, Voss. lat. F, 94.** S. Chrodegangi Metensis episcopi regula canonicorum.

    ixᵉ-xᵉ siècle.

    Cf. CHATELAIN, *l. c.*, bibliogr., p. xiii, en bas.

41. — **Leyde, Voss. lat. Q, 98.** Saint Augustin, etc...

    Aux fol. 73 v⁰ et 74 r⁰ se trouve un fragment de Pline le jeune (Lettres, I, 1 et partie de la lettre 2) avec notes mêlées au texte.

    Cf. DE VRIES, *Exercit. palaeogr.* (Leyde, 1890).

42. — **Metz**. Charte du 27 décembre 848 ([1]).

> Cf. *Bibl. de l'Ec. des Chartes*, XLIX (1888), p. 95-101.

43. — **Milan, Ambros. O, 210 sup.**

> Cf. CHATELAIN, *l. c.*, p. 117 et 229 et pl. XIII.

44. — **Milan, Ambros. M, 12 sup.** 1º Bède, de temporum ratione, de sex aetatibus mundi ;

> 2º Hygin, de sideribus ([2]). ixº siècle.

> Cf. KOPP, *Palaeog. crit.*, I, 326.

> SCHMITZ, *Beiträge zur lat. Sprach- und Literaturkunde* (1877), p. 259.

> DE VRIES, *Exercit. palaeog.* (1890), p. 20-21.

> CHATELAIN, *Mém. de l'Acad. des Inscr.*, avril 1903.

45. — **Paris, B. N., lat. 1012.** Saint Grégoire, saint Augustin, etc..., notes aux fol. 2 rº et surtout 9 rº (16 lignes) et 59 rº (6 lignes).

46. — **Paris, B. N., lat. 2718.** 1º Formules et capitulaire de Louis le Pieux ;

> 2º S. Johannis Chrysostomi de Cordis compunctione, traduction des livres I et II. ixº siècle.

> La première partie fut publiée dans l'*alphabetum tironianum* de CARPENTIER, 1747.

> Les deux parties ont été publiées par SCHMITZ, *Monum. tachygr. cod. Paris.* 2718, Hanovre, 1882-1883.

> Cf. CHATELAIN, *l. c.*, p. 133-134.

47. — **Paris, B. N., lat. 2865.** Tractatus Hincmari, Remensis episcopi, etc...

> Notes très nombreuses aux fol. 1 rº, 5 vº, 258 vº et 259 rº et vº.

> ixª-xº siècle.

---

(1) Bien que la présente liste laisse de côté ce qu'il y a de tironien dans les chartes et les diplômes, cette charte de Metz a paru néanmoins assez importante comme texte tachygraphique pour figurer ici, par exception.

(2) Ce manuscrit, pour la partie qui est d'Hygin, sera publié prochainement par la conférence de notes tironiennes de l'École pratique des Hautes-Études.

48. — **Paris, B. N., lat. 4627.** 1° Loi salique ;

2° Formules de Marculfe, etc...

La dernière page (fol. 147 v°) présente vingt-et-une lignes de notes ; ce sont deux formules de *preslaires*, qui ont été citées et traduites par Zeumer, avec l'aide de Schmitz et de Lehmann (*Mónum. Germaniae, sect.* V, 1886, *Formulae Merovingici et Karolini aevi*, p. 723 : *Addenda ad formulas Senonenses recentiores*).

x⁰ siècle.

49. — **Paris, B. N., lat. 7505.** Priscien.

Gloses en notes et « lettre formée » de l'évêque Ingenaldus, plus un fragment grammatical.

Cf. Chatelain, *l. c.*, p. 211 et pl. II.

50. — **Paris, B. N., lat. 9603.** Lectionnaire de l'église de Tours.

Notes mêlées au texte aux fol. 14 r° et v°, 15 r° et v°, 16 r° et 99 r° et v°.

Les fol. 14 r° et v° et 99 r° ont été publiés par Chatelain, *l. c.*, p. 214 sqq. et pl. IV-VI.

51. — **Paris, B. N., lat. 10756.** Fragment sur la création et la fin du monde et « Regula pastoralis » de saint Grégoire.

Ce ms. et le n° 611 de Berne ont primitivement constitué un seul et même ms.

Les notes sont aux fol. 64 r°, 67 v°, 68 r°, 69 v°.

Pour les fol. 64 r° et 69 v°, v. Schmitz, 1° *Mélanges Julien Havet*, p. 77.

2° *Tironische Noten in einer Pariser Handschrift* (Gabelsberger Festschrift), Munich, 1890, p. 116 sqq.

Pour les fol. 67 v° et 68 r° v. Chatelain, *l. c.*, p. 226 et planche XII.

viii⁰ siècle.

52. — **Paris, B. N., n. a. l. 1595.** Saint Augustin, de doctrina christiana, etc...

Les trois dernières pages ont des notes nombreuses mêlées au texte.

1º fol. 136 vº. Extrait de la vie de saint Augustin, par Possidius.

V. CHATELAIN, *l. c.*, p. 213 et pl. III.

2º fol. 137 rº. Sermon de Méthodius, évêque
de Patara (Lycie) « de fine mundi ».

V. Appendice II de la présente publication.

53. — **Rome, Vatican, Reg. 191**. Messe en notes tironiennes,
publiée par CHATELAIN, chez Delalain,
en juillet 1901, avec fac-similé.

Cf. *Archiv f. Sl.*, 1905, p. 43-44.

54. — **Rome, Vatican, Reg. 846**. Les fol. 99-114 ont été publiés
par SCHMITZ, *Miscellanea tironiana*, Leip-
zig, 1896.

55. — **Rome, Vatican, Reg. 852**. Ms. du xᵉ siècle, publié par
SCHMITZ dans le *Neues Archiv*, 1890, p. 602
sqq.

Cf. CHATELAIN, *Introd.*, bibliogr., p. xiv, l. 10.

56. — **Tours, 286**. Saint Augustin, de musica.

Au fol. 115 vº se lisent quelques gloses,
essais de décomposition de certains mots
grecs.

Cf. plus loin le nº 85.

57. — **Valenciennes, 521 (475)**. Fragment, sur un feuillet de garde.
xᵉ siècle ; venu de Saint-Amand.

Cf. CHATELAIN, *l. c.*, p. 138-139.

4º GLOSES MARGINALES OU INTERLINÉAIRES
ET FRAGMENTS TRÈS COURTS.

58. — **Angers, 277**. Recueil théologique.

Notes aux fol. 22 vº, 33, 120.

59. — **Angers, 817**. Vie et miracles de saint Benoît. Souscription en notes.

60. — **Bamberg, H. J. IV, 5 et 6**. (Deux mss. réunis en un seul)
Scot Erigène.

Notes aux fol. 24 vº, 27 vº, 36 et 40 ;
du xᵉ siècle ; venu de Reims.

Cf. *Katal. der Handschr. zu Bamberg*,
1ᵉʳ vol., 3ᵉ fasc., p. 395.

Archiv f. Sl., 1905, p. 87 (note).

61. — **Berlin** ('), **150**. Lex romana Visigothorum.
    Gloses marginales.
    ixe siècle.
    Cf. W. ARNDT et TANGL, *Schrifttafeln zur*
      Erlernung der latein. Palaeogr., pl. 15.

62. — **Berne, 165**. Virgile ; copié à Tours.
    Gloses nombreuses.
    Cf. CHATELAIN, *l. c.*, p. 121.

63. — **Berne, 348**. Traité d'Isidore.
    Le fol. 169 présente qqs notes.
    Cf. CHATELAIN, *l. c.*, p. 128.

64. — **Berne, 451**. Quinte-Curce.
    Les débuts des livres sont transcrits en notes.
    ixe siècle ; appartint à P. Daniel.
    Cf. CHATELAIN, *l. c.*, p. 126.

65. — **Berne, 510**. Boèce.
    Cf. CHATELAIN, *l. c.*, p. 128.

66. — **Cambridge (Université) K. K. V, 13**. Palladius, de agri-
    cultura.
    Cf. CHATELAIN, *l. c.*, p. 130.

67. — **Carlsruhe, Aug. 69**. Fragment grammatical.
    Notes aux fol. 2 et 3 v°.

68. — **Chartres, 65**. Pastoral de saint Grégoire.
    Nombreuses gloses marginales.
    ixe siècle.

69. — **Chartres, 98**. Raban Maur, etc...
    Gloses marginales.
    ixe-xe siècle.

70. — **Chartres, 102**. Cassiodori opuscula, etc...
    Qqs notes au fol. 88 v°, en marge d'un hymne
      en l'honneur de saint Étienne.
    xe siècle.

71. — **Chartres, 109**. S. Augustini opuscula.
    Les fol. 1-13 présentent des notes, reprodui-
    sant des phrases du texte.
    ixe siècle.

---

(1) Le catalogue V. Rose (p. 172) semble indiquer, comme contenant aussi des notes, le n° 84 (**Phill. 1743**) venu de Reims. Le n° 163 (**Phill. 1763**) venu également de Reims, présente un seul mot en tironien.

72. — **Cologne, 75**. Cf. CHATELAIN, *l. c.*, p. 113.
    SCHMITZ, dans le *Neues Archiv*, XI. 1886,
    p. 111-121.

73. — **Cologne, 98**. Cf. CHATELAIN, *l. c.*, p. 113.

74. — **Londres, Burney, 340**, Homélies d'Origène.
    Quelques notes aux fol. 27 et 51 v°.
    viie siècle; venu de Corbie.
    (Ce ms. et le ms. I, 4 de Saint-Pétersbourg
    constituaient jadis un seul et même ms.,
    le n° 197 de Saint-Germain-des-Prés.)
    Cf. *Catal. of anc. lat. manuscr.*, part. II,
    p. 49 et pl. 5.

75. — **Metz, 519**. Juvencus.
    Cf. MAROLD, édition de *Juvencus*.
    W. MEYER, article dans les *Sitz. d. Akad.
    zu Berlin*, 13 mars 1890.

76. — **Milan, Ambros. H. 75 inf**. Térence avec figures, publié
    par DE VRIES.
    Dans le tome VIII (Phormio), pl. 108 et 110,
    il y a, sur le *codex* de Cratinus, qqs signes
    où l'on a voulu voir des signes tironiens,
    d'ailleurs peu déchiffrables ([1]).

77. — **Milan, Ambros. L. 85 sup**. Columelle.
    Notes au fol. 21 v°.
    Cf. F. STEFFENS, *Latein. Palaeogr.*, III,
    pl. 103.

78. — **Montpellier, bibl. de la fac. de Médecine, 334**. Cf. CHA-
    TELAIN, *l. c.*, p. 222 et pl. VI.

79. — **Munich, 18628 (1563, Tegernsee 628)** Ms. contenant,
    avec d'autres ouvrages, un poème d'Eugène
    de Tolède (fol. 94 v°) où des notes tironien-
    nes sont mêlées au texte.
    xe siècle.
    Cf. *Catal. codic. Monac.* II, 3, p. 192.

[1] Il y a quelque chose de tout à fait analogue dans le ms. lat. **17968** de notre **Bibl. Nat.** Aux fol. 15 v°, 55 v°, 83 v° et 125 v°, des figures représentent les quatre évangélistes, et, sur les *codices* placés entre leurs mains, comme sur les banderoles qui décorent le haut des figures, il y a des signes où l'on peut voir des notes tironiennes, ou, ce qui est plus probable, des signes de fantaisie imitant des notes.

80. — **Orléans, 230.** Commentaire de Smaragde sur la règle de Saint-Benoît.

Notes aux fol. 90, 159 v° et 160.

x° siècle.

Cf. CHATELAIN, *Tachygraphie de Vérone*, p. 22 et 37.

81. — **Paris, B. N., lat. 256.** Evangile selon saint Luc.

vıı° siècle ; en onciale ; venu de Saint-Denis.

Cf. CHATELAIN, *Introd.*, p. 129.

82. — **Paris, B. N., lat. 974.** Recueil théologique.

Notes, très peu nombreuses, aux fol. 7 r° et 110 v°.

ıx° siècle.

83. — **Paris, B. N , lat. 2 469,** 1° Sermons d'Adémarde Chavannes.

2° Concile de Limoges de 1031.

Au fol. 86 v° une ligne en tironien, très incorrecte, à ce qu'il semble.

xıı° siècle. (La date expliquerait l'incorrection des notes).

84. — **Paris, B. N , lat. 2 858.** Opuscules divers (lettres de moines et d'évêques).

Gloses marginales, très courtes, mais très fréquentes.

x-xı° siècles.

85. — **Paris, B. N., lat. 7 200.** Contient le traité « de musica », de Boèce et celui de saint Augustin.

Gloses marginales et interlinéaires très nombreuses ; au fol. 14 r° une glose essaie de décomposer un mot grec, qui est étudié de la même manière et en termes analogues dans le ms. 286 de Tours (fol. 115 v°) (cf. ci-dessus le n° 56).

86. — **Paris, B. N., lat. 7 231.** Saint Augustin, de musica.

Beaucoup de gloses interlinéaires du fol. 62 au fol. 83 inclusivement.

xıı° siècle.

Cf. *Archiv f. St.*, 1905, p. 85.

87. — **Paris, B. N., lat. 7 490.** Donat.

Nombreuses gloses.

ıx°-x° siècle.

88. — **Paris, B. N., lat. 7 491.** Donat.
>
> Qqs notes, d'écriture très fine, p. ex. aux
> fol. 38 v°, 91 v°, 103 r°.

89. — **Paris, B. N., lat. 7 537.** Donat.
>
> Nombreuses gloses (jusqu'à deux lignes de
> notes, très fines, dans un même interligne).
> V. fol. 1 v°, 2 r° et v°, 3 r° et v°, 4 r° et v°.

90. — **Paris, B. N., lat. 7 925.** Boèce, de consolatione philoso-
> phiae (III, 5), et Virgile.
> ix⁰ siècle.
> Cf. CHATELAIN, *l. c.*, p. 126 et bibliogr.,
> p. xv, en bas.
> DE VRIES, *Exercit. palaeogr.*, p. 19.

91. — **Paris, B. N., lat. 9 347.** Juvencus.
>
> Notes en marge, aux fol. 10 v°, 18 v°, 21 v°,
> 32 r° ;
> venu de Reims.
> Cf. CHATELAIN, *l. c.*, p. 141.

92. — **Paris, B. N., lat. 9 430.** Sacramentaire.
>
> (Une autre partie du même ms. est le n° 184
> de la bibliothèque municipale de Tours.)
> Cf. CHATELAIN, *l. c.*, p. 123.

93. — **Paris, B. N., lat. 9 765.** Grégoire de Tours.
>
> Une dizaine d'annotations, en tironien, dans
> les marges.

94. — **Paris, B. N., lat. 11 504.** Bible (in-fol.).
>
> Qqs notes, p. ex. aux fol. 4 r°, 178 v°, 180 r°,
> 191 v°.

95. — **Paris, B. N., lat. 11 505.** Bible.
>
> Une note à la fin du livre II des Macchabées.
> Cf. CHATELAIN, *l. c.*, p. 136.

96. — **Paris, B. N., lat. 11 553.** Bible ;
> venu de Saint-Germain.
> Cf. CHATELAIN, *l. c.*, p. 131-133.

97. — **Paris, B. N., lat. 12 048.** Sacramentaire de l'abbaye de
> Gellone.
> Notes au fol. 158.
> viii⁰ siècle ; venu de Saint-Germain.
> Cf. CHATELAIN, *l. c.*, p. 120.

98. — **Paris, B. N., lat. 12097.** Ms. des Conciles, en onciale.
  Notes au fol. 210.
  vi° siècle ; venu de Corbie.
  Cf. CHATELAIN, *l. c.*, p. 136.
  ID., *Tachygr. de Vérone*, p. 40.

99. — **Paris, B. N., lat. 12190.** Saint Augustin ;
  venu de Saint-Germain.
  Cf. CHATELAIN, *l. c.*, p. 136.

100. — **Paris, B. N., lat. 12246.** Ovide.
  Gloses en notes.
  Cf. CHATELAIN, *Paléogr. des class. lat.*,
  pl. 94.

101. — **Paris, B. N., lat. 12255.** Homélies de saint Grégoire, etc...
  Notes au fol. 134 ;
  venu de Saint-Germain.
  Cf. CHATELAIN, *Introd.*, p. 131.

102. — **Paris, B. N., lat. 17436.** Fragment d'évangile selon saint
  Luc.
  Notes au fol. 30 v° ;
  venu de Compiègne.
  Cf. CHATELAIN, *l. c.*, bibliogr. p. xv en haut.
  Archiv f. St., 1905, p. 241.

103. — **Paris, B. N., lat. 18554.** Sedulius, Arator, Prosper, Pru-
  dence ;
  venu de Notre-Dame.
  Cf. CHATELAIN, *l. c.*, p. 135.

104. — **Paris, B. N., n. a. l. 405.** Orose ;
  venu de Saint-Martin.
  Cf. CHATELAIN, *l. c.*, p. 121.

105. — **Paris, B. N., n. a. l. 446.** Lettres diverses.
  Qqs signes dans les marges.
  Cf. CHATELAIN, *Uncialis scriptura*, p. 74 et
  pl. XLI.

106. — **Paris, B. N., n. a. l. 763.** Contient, du fol. 98 r° au fol. 108
  v°, un glossaire, dont une cinquantaine de
  mots sont répétés, en notes tironiennes
  isolées, dans les marges ;
  le fol. 121 r° a aussi qqs notes.

107. — **Paris, B. N.. n. a. l. 1612** (¹). Bède le vénérable ;
venu de Saint-Martin (v. plus loin n° 115).
Cf. CHATELAIN, *l. c.*, p. 122.

108. — **Paris, B. N., n. a. l. 2322**. Lectionnaire, recueil d'homélies attribuées à Alcuin ;
venu de Saint-Martin.
Cf. CHATELAIN, *l. c.*, p. 124.

109. — **Reims, 377**. Saint Ambroise, etc...
Dans les fol. 1-62 il y a assez fréquemment
des gloses marginales en notes.
ıx° siècle.

110. — **Reims, 393**. Saint Augustin.
Notes marginales.
ıx° siècle.

111. — **Reims, 671**. Dionysii Exigui collectio canonum.
Beaucoup de notes marginales, surtout dans
les cent premiers feuillets.
Cf. *Archiv f. St.*, 1905, p. 87.

112. — **Reims, 1 094**. Priscien.
Notes fréquentes, surtout au fol. 100.
ıx° siècle.

113. — **Rome, Vatican, Reg. 317**. Sacramentaire, en onciale.
Notes au fol. 252 v°.
vııı° siècle ; venu d'Autun.
Cf. CHATELAIN, *l. c.*, p. 143 sqq.
ID., *Uncialis scriptura*, pl. XLIII.

114. — **Tours** (²), **10**. Partie de bible latine.
Au fol. 164 v°, se lit une prière écrite en partie en notes.
ıx° siècle ; la prière semble être du x° siècle.

115. — **Tours, 334**. Fragment du ms. 42 de Saint-Martin, dont
les trois autres parties sont à la Bib. Nat.
et y constituent les numéros n. a. l. 1612,
1613 et 1614 (v. ci-dessus le n° 107.)
Beaucoup de notes dans les titres et les marges.

---

(1) Le ms. n. a. l. **1613** présente au fol. 1 un signe tironien.
(2) Le ms. **106** de **Tours** présente également deux mots en tironien.

116. — **Valenciennes, 455.** Chronique de saint Jérôme.

> Notes au fol. 8 v° ; ·
> venu de Saint-Amand.
> Cf. CHATELAIN, *Uncialis scriptura*, pl. XLIV.

117. — **Vérone, LIII.** Facundus Hermianensis episcopus, en semi-onciale.

> Nombreuses notes dans les gloses marginales.
> vi°-vii° siècle.
> Cf. CHATELAIN, *Introd.*, p. 114-116.

118. — **Wurzbourg.** « Codex sancti Kiliani » (évangiles).

> Qqs gloses marginales.
> vii° siècle.
> Cf. ZANGEMEISTER et WATTENBACH, pl. 58 et 58 A.

5° TACHYGRAPHIE SYLLABIQUE.

Voir, sur cette question, CHATELAIN, *l. c.*, p. 145-176 et *Tachygraphie de Vérone* (Librairie Bouillon, 1902).

119. — **Bamberg, M, IV, 13.** Quintilien (« Declamationes »).

> Deux mots aux fol. 81 et 91.
> x° siècle.

120. — **Lyon (¹), 602.** Saint Jérôme, en onciale et semi-onciale.

> vi°-vii° siècle.
> Cf. DELISLE, *Not. et extr.*, XXIX, 2, p. 383-385.

121. — **Paris, B. N., 12.097.** Voir ci-dessus n° 98.

122. — **Paris, B. N., 17.654.** Grégoire de Tours.

> Au fol. 86 v°, quatre lignes de notes (qui n'ont pas encore été lues). ·
> vii° siècle ; venu de Beauvais.

123. — **Paris, B. N. n. a. l. 1586.** Livre des grands prophètes.

> viii°-ix° siècle ; venu de Marmoutiers.
> Cf. CHATELAIN, *Introd.*, p. 161-167.
> ID., *Uncialis scriptura*, pl. LVIII.

---

(1) Ce ms. a été signalé à notre attention, ainsi que quelques autres de Paris et de Chartres, par M. Jusselin, archiviste-paléographe.

124. — **Madrid, Bibl. Nat., F. 58.** Copie, faite au xvie siècle, d'un
ms. d'Oviedo écrit au xiie et aujourd'hui
perdu.
Les fol. 92-95 contiennent un fragment de
lexique de tachygraphie syllabique.
Cf. CHATELAIN, *Introd.*, p. 168-176.
Archiv f. Sl., 1905, p. 243.

125. — **Milan, Ambros., H, 78 sup.**

126. — **Milan, Ambros., O, 210 sup.** (V. le n° 43.)
Cf. CHATELAIN, *Introd.*, p. 117.

127. — **Rome, Vatican, 5750.** Juvénal, en capitale ; palimpseste.
Cf. ANG. MAI, *Classic. auctor.*, III.

128. — **Rome, Vatican, 5757.** Cicéron, de Republica.

129. — **Turin.** Ms. de Lactance.

130. — **Vérone, XV.**

131. — **Vérone, XXII.**

132. — **Vérone, XXXVIII.**

133. — **Vérone, LIII.**

134. — **Vérone, LIX.**

135. — **Vérone, LXXXVIII.**

Angers...	277. — 817.	Paris, B. N.....	*lat.* 190.— 256. — 974. — 1012. — 1327. —
Bamberg......	H. J. IV, 5 et 6. — M. IV, 13. — Q. VI, 32.		1597 A. — 2469. — 2718. — 2858. —
Berlin........	84 (Phill. 1743) — 150.—163 (Phill. 1763).		2865. — 4627. — 7200. — 7231. — 7490.
	— 169 (Phill. 1824).		— 7491. — 7493. — 7505. — 7537. —
Berne....... ..	109. — 165. — 207. — 348. — 357. — 358.		7925.— 8777.— 8778.— 8779.— 8780.—
	— 451. — 510. — 611. — 668.		9347.— 9430.— 9603.— 9765.—10.756.
Bruxelles	9311.		— 11.504. — 11.505. — 11.553. —
Cambridge.....	(Université) K. K. V, 13.		12.048. — 12.097. — 12.190. —
Carlsruhe.....	Aug. 69.		12.246. — 12.255. — 13.160. — 17.436.
Cassel........	Lexique.		— 17.654. — 17.960. — 17.968. —
Chartres.......	13. — 65. — 98. — 102. — 109.		18.554.
Cologne......	75. — 98.		*n. a. l.* 405. — 442. — 446.— 763. — 1586.
Genève.......	84. — 85.		— 1595. — 1612. — 1613. — 2322.
Göttweig	Lexique.		(*fr.* 19.116. — 9181).
Laon.........	444.	Reims........	377. — 393. — 671. — 1094.
Leyde	Voss. lat. F. 94. — O. 94. — Q. 93. — Q.	Rome.........	(Vatican) 3799. — 5750. — 5757.
	98. — Vulcanii fragmentum.		Reg. 191. — 317. — 846. — 852.
Londres.......	(Br. M.) add. ms. 9046. — 21.164. — Bur-	(Strasbourg)...	v. C. N. T.
	ney, 340.	Tours.........	10. — 106. — 286. — 334.
Lyon.........	602.	Turin.........	Lactance.
Madrid........	(B. Nat.), F. 58.	Valenciennes...	455. — 521 (475).
Metz..........	519 et charte de 848.	Vérone	XV. — XXII. — XXXVIII. — LIII. —
Milan.........	(Ambros.) H. 75 inf. — H. 78 sup. — L,		LIX. — LXXXVIII.
	85 sup. — M. 12 sup. — O. 210 sup.	Wolfenbüttel...	2989, Aug. 9, 8. — 3025, Aug. 13. —
Montpellier	(Bib. de la fac. de méd.) 334.		Fragment de lexique.
Munich.......	18628.	Wurzbourg	Evangiles de saint Kilian.
Orléans........	230.		

LES PUBLICATIONS TIRONIENNES

BREIDENBACH (Heinrich). *Zwei Abhandlungen über die tironischen Noten*. Darmstadt, 1900.

— Zur Geschichte des augusteischen Zeitalters nach den Tironischen Noten. (*Archiv f. Stenogr.*, 1903, p. 193-208).

CARPENTIER (P.). *Alphabetum tironianum.*Lutetiae,1747, in-fol.

CHATELAIN (Émile). Notes tironiennes d'un manuscrit de Genève (*Mélanges Julien Havet*, Paris, 1895, p. 81-86).

— *Introduction à la lecture des notes tironiennes*, Paris, 1900.

— *Une messe en notes tironiennes*, Paris, 1901.

— et SPAGNOLO. La tachygraphie latine des manuscrits de Vérone. (*Rev. des bibliothèques*, 1902, p. 1-40 et 1905, p. 339-358).

CIPOLLA (Carlo). La tachygraphie ligurienne au XIe siècle (*Mélanges Julien Havet*, p. 87-96).

GUNDERMANN (G.). Ein altes Lehrbuch der tironischen Noten. (*Arch. f..Sten.*, 1906, p. 273-280 et 312-320).

HAGEN (Hermann). *De codicis Bernensis n. 109 tironianis disputatio* (*Sollemnia anniversaria conditae Universitatis...*) Bernae, 1880, in-4°.

HAVET (Julien). *Œuvres* (Paris, 1896), t. II, p. 459-503.

JOHNEN (Chr.). Zwei tironische Handschriften der Pariser National-bibliothek. (*Arch. f. Sten.*, 1905, p. 83-90, 113-119, 145-151, 241-244).

JUSSELIN (Maurice). Notes tironiennes dans les diplômes (*Moyen-âge*, 1904, p. 478-487).

— Notes tironiennes dans les diplômes (*Bibl. de l'École des Chartes*, 1905, p. 361-389).

— Monogrammes en tachygraphie syllabique italienne (*Ibid.*, p. 661-663).

— Der Verfall der tironischen Noten am Ende des 11. Jahrh. (*Arch. f. Sten.*, 1906, p. 106-108).

— Ein Monogramm in Silbentachygraphie (*Ibid.*, 1907, p. 8-9).

KOPP (U. Fr.). *Palaeographia critica.* Mannhemii, 1817, in-4°.

KRAUSE (Carolus). *Grammatica tironiana.* Dresdae, 1853, in-4°.

KÜHNELT (Anton P.). *Ueber die Geschwindschrift der Alten.* Wien, 1872, in-4°.

LEGENDRE (Paul). *Un manuel tironien du x° siècle*, publié d'après le ms. 1597 A de la Bibl. Nationale. Paris, 1905, in-8°.

LEHMANN (Oscar). *Quaestiones de notis Tironis et Senecae.* Leipzig, 1869, in-8°.

— *Das tironische Psalterium der Wolfenbütteler Bibliothek.* Leipzig, 1885, in-8°. ·

LION (Albert). *Tironiana et Maecenatiana.* Editio 2ª. Gottingae, 1846, in-8°.

MENTZ (A.). Die Stenographie zur Zeit der Karolinger. (*Arch. f. St.*, 1903, p. 225-235).

MEYER (Wilhelm). Die Berliner Centones der Laudes Dei des Dracontius (*Sitz. der K. Akad. zu Berlin*, 1890, I, p. 257-296).

MITZSCHKE (Paul). *Quaestiones tironianae*, Berlin, 1875, in-8°.

— *M. Tullius Tiro.* Berlin, 1875, in-8°.

OHLMANN (Des.). Die Stenographie im Leben des hl. Augustinus (*Arch. f. Sten.*, 1905, p. 273-279 et 312-319).

Rose (Val.). Ars notaria, tironische Noten und Stenographie im XII Jahrhundert (*Hermes*, 1874, p. 303-326).

RUESS (F.). *Ueber die Tachygraphie der Römer.* München, 1879.

— *L und die Durchschneid in den tiron. Noten.* Neuburg a. D. 1884.

— *Die tironische Endungen.* München, 1889, in-8°.

— Gabelsberger und die tironische Noten (*Abhandlungen...* *Wilh. v. Christ dargebracht.* München, 1891, in-8°, p. 125-133).

SARPIUS (Gustavus) *Prolegomena ad tachygraphiam Romanam*, Particula 1ª. Rostochii, 1829, in-4°.

SCHMITZ (Wilhelm). Studien zur lateinische Stenographie. (*Panstenographikon*, I, Leipzig 1869-74, p. 3-21 ; 195-208).

— *Beiträge zur lateinischen Sprach- und Litteraturkunde.* Leipzig, 1877, in-8°.

— Zu den tironischen Noten. (*Rhein. Mus.*, 1878, p. 321.)

— Ueber die beiden von Bonaventura Vulcanius edirten anonymen ' Commentarioli ' und über eine Handschrift der tironischen Noten. (*Monats. f. d. Gesch. Westd.*, IV, 1878, p. 578-586).

— Tironische Noten des Escorial. (*Litteraturblatt des stenographischen Instituts zu Dresden*, 1879, n° 5.)

— Studien zu den tironischen Noten. (*Festschrift z. 54. Vers. deutscher Philol. zu Trier...* Bonn, 1879, in-8°, p. 53-68.)

— *Studien zur lateinische Tachygraphie.* Köln, 1880-81, in-4°.

— *Monumenta tachygraphica cod. Paris. lat. 2718.* Hannoverae, 1882-1883, in-4°.

— Zur Erklärung der tironischen Noten in Handschriften der Kölner Dombibliothek. (*Neues Archiv*, 1886, p. 111-121.)

— Die tironische Noten der Berner Handschrift 611. (*Deutsche Stenographen-Zeitung*, III, 1888, p, 360-367.)

— *S. Chrodegangi Metensis episcopi* (742-766) *regula canonicorum*, aus dem Leidener codex Voss. lat. 94, mit Umschrift der tironischen Noten. Hannover, 1889, in-4°.

— Tironisches und Kryptographisches. (*Neues Archiv*, XV, 1890, p. 197-198.)

— Tironische Miscellen. (*Ibid.*, p. 602-607.)

— Tironische Noten in einer Pariser Handschrift. (*Gabelsberger Festschrift*, München, 1890, p. 116 sqq.)

— Notenschriftliches aus der Berner Handschrift. (*Commentationes Wölfflinianae*, Leipzig, 1891, in-8°. p. 9-13.)

— *Commentarii notarum tironianarum*, cum prolegomenis, adnotationibus criticis et exegeticis notarumque indice alphabetico. Lips., 1893, in-fol.

— Tironianum (*Mélanges Julien Havet*, 1895, p. 77-80).

— Patristisches und Tironisches (*Wien. Stud.*, 1895, p. 152-160).

— Zwei Tironiana. (*Festbuch zur 100j. Jubelfeier der deutschen Kurzschrift*. Berlin, 1896).

— *Miscellanea Tironiana*. Leipz., 1896, in-4°.

TARDIF (Jules). Mémoire sur les notes tironiennes (*Mémoires présentés à l'Acad. des inscr.*, 1854, p. 104-171), in-4°.

TRAUBE (Ludwig). Die Geschichte der tironischen Noten bei Suetonius und Isidorus. (*Arch. f. Sten.*, 1901, 18 p.).

VRIES (S. G. DE). Commentatiuncula de C. Plinii Caecilii Secundi epistularum fragmento Vossiano (*Exercitationes palaeogr. in Bibl. Univ. Lugd. Batavae*). Lugd. Bat., 1890, in-8°.

— De versibus Boetii in cod. Paris. 7925 servatis. (*Sylloge quam Const. Conto obtulerunt philol. Batavi*. Leiden, 1893, in-8°).

WEINBERGER (Wilhelm). Zur Geschichte der römischen Kurzschrift. (*Arch. f. Sten.*, 1903, p. 49-50).

WICKENHAUSER (Alfred). Der hl. Cassian, ein altchristlicher Lehrer der Tachygraphie. (*Arch. f. Sten.*, 1906, p. 113-120.)

WILD (Peter). *Einiges über Tiro und die tironischen Noten*. [Progr.] Passau, 1870, 19 p. in-8°.

ZANGEMEISTER (K.). Zur Geographie des römischen Galliens und Germaniens nach den tironischen Noten. (*Neue Heidelberger Jahrbücher*, 1892, p. 1-36).

ZEIBIG (J. W.). *Geschichte und Literatur der Geschwindschreibekunst*. 2e Aufl. Dresden, 1878, in-8°.

REMARQUES SUR LES NOTES TIRONIENNES
DU MANUSCRIT 13 DE CHARTRES (f°4-7).

Pour l'emploi des notes tironiennes, ce manuscrit donne lieu aux mêmes remarques générales que beaucoup d'autres spécimens que le moyen âge nous a laissés de ce genre d'écriture.

Les mots abrégés sont constamment mélangés avec des mots en clair, ceux-ci contribuant largement à faciliter la lecture de ceux-là. Comme on l'a souvent constaté, le scribe n'abrège pas tout ce que les *Commentarii* permettaient d'abréger. Il ne se fait pas davantage une loi d'écrire chaque fois en caractères tironiens les termes qui se répètent dans un passage de son texte; tantôt il les abrège dès qu'il les rencontre, tantôt, — et c'est le cas si ces mots ne sont pas très usuels, — il les abrège la seconde fois seulement.

Les notes sont tracées avec les défauts habituels, les traits verticaux penchant souvent à droite, les horizontaux se relevant au-dessus de la ligne ; les *d* très couchés jusqu'à former presque un angle droit ; certains crochets initiaux courbés au lieu d'être rectilignes, l'*n* et le *c*, l'*r* et l'*l* se confondant à l'intérieur des radicaux. De là plus d'une cause d'hésitation pour le lecteur.

Si un mot très usuel se rencontre souvent, le signe qui le représente est déformé de plus en plus chaque fois, suivant une mauvaise habitude devenue presque une règle chez les copistes tironiens.

En revanche, l'auteur du manuscrit 13 imite aussi l'usage constaté chez certains scribes, entre autres celui du psautier de Wolfenbüttel, d'abréger plus clairement les mots variables en ajoutant au radical non seulement une terminaison, mais encore la syllabe finale tout entière, et même les deux ou trois syllabes dernières du mot; procédé sans inconvénient pour un système sténographique qui servait non plus à recueillir un texte à l'audition, mais à lui faire occuper moins de place sur le parchemin.

D'ailleurs l'emploi des notes tironiennes par les copistes, toujours arbitraire, se ressent bien souvent de leur fantaisie. Pour le manuscrit 13, l'absence totale de régularité et, pour ainsi dire,

de logique dans l'utilisation des *Commentarii* en serait déjà une
preuve suffisante ; mais il en est une autre qui semble assez
plausible. En voyant que dans ce manuscrit le texte n'est pas
transcrit en notes autant qu'il était possible et facile de le faire,
on serait tenté, au premier abord, d'en tirer cette conséquence ;
le scribe n'ayant pas eu le désir de faire parade de ses connais-
sances sténographiques, s'étant au contraire réservé le droit
d'écrire en clair les mots difficiles ou non fournis par les lexiques
tironiens, abrégeant même quelquefois la finale seule d'un mot
ou inversement le radical seul, il en résultera que les mots écrits
en notes, choisis librement par lui, devront être très exactement
formés et qu'il n'aura rien modifié, rien inventé de lui-même.
Or le contraire paraît démontré par l'abondance des particularités tironiennes que présentent à eux seuls les folios 4, 5, 6 et 7 et
que l'on trouvera classées plus loin. Sont-elles dues à des défail-
lances de mémoire, si l'on admet que le scribe abrégeait sans
aucun autre secours que ses souvenirs ? Ou bien est-ce le résul-
tat de ses distractions pendant ses recherches dans les lexiques,
s'il en avait à sa disposition ? N'est-il pas vraisemblable aussi
que ces irrégularités, ces fautes apparentes, ces abréviations
différentes de celles des *Commentarii* que nous possédons, pro-
viennent de lexiques qui ne nous ont pas été conservés ?

Chacune de ces hypothèses est soutenable ; mais, quelle que
soit celle que l'on préfère, il n'en reste pas moins vrai que l'on
ne doit pas attendre des copistes tironiens du moyen âge la même
rigueur vraiment scientifique qu'observent les sténographes
modernes. Sans doute Kopp a eu d'excellentes raisons pour voir
dans les notes un système d'une logique admirable, un langage
d'une exactitude allant jusqu'à la finesse ; mais il a dû constater lui-même plus d'une fois que, dans le passage de la théorie
à l'application pratique, les copistes n'ont pas toujours compris
ni respecté la précision et la netteté primitives de l'art tironien.

Les particularités tironiennes du manuscrit de Chartres peuvent se grouper ainsi:

D'abord il n'y a pas lieu de classer à part les mots, abrégés dans le ms, qui ne figurent pas dans les lexiques; car, s'ils sont assez nombreux, il en est cependant très peu dont on puisse dire que le copiste les a inventés de toutes pièces. Tout au plus en peut-on citer un exemple incontestable: folio 4, ligne 53 reboo 63»», d'ailleurs facile à former comme à lire. Il y a également un exemple de tachygraphie syllabique dans Eityre ⊓ ⊓ ~ folio 4, l. 25 et 26.

Les autres mots abrégés ou bien sont dans les lexiques que nous possédons, avec un signe plus ou moins analogue, ou bien y figurent implicitement, étant les dérivés ou les composés de mots-racines connus du scribe.

I. Une première catégorie peut donc contenir les mots abrégés qui, figurant dans les lexiques, y sont représentés autrement. Et ici une subdivision s'impose, suivant que les éléments sont ou vraiment différents, ou agencés autrement.

74 — manuscrit 13 de Chartres. —

1° Éléments différents.

4², l.27 ; 4⁰, l.73 ; 5⁰, l.6 ; etc. — ait ♭ au lieu de ⌐ (K.)

cf : aiunt vero ♭̈ ; aiunt tandem ♭̄ (K.)

4⁰, l.15 ; 7⁰, l.9. — aliquando ♭̌ cf. : ♭̌ (K.)

et Sch. d'ap. le Paris. 8777 : ♭̌

5⁰, l.32, etc.. — ante ⌐̣ au lieu de ♭̈ — ⌐̣ est la finale -ante, employée pour signifier la préposition.

4⁰, l.46. — antea ⌐̣̌ au lieu de ♭̈

7⁰, l.12. — apparent (!) ♭̌ au lieu de ⌐̣̈

cf : apportat ♭́ ; apposuit ♭̣

4², l.21. — cardine ♪3 au lieu de ♪̲ (K.)

cf : carmine ♪3

4⁰, l.48. — didicit ⌐̌ au lieu de ⌐ (K. et Sch.)

4⁰, l.11, 12, 13, 19, 25.. — erubuit ♭̈

K. et S. donnent ♪̌ ou ♪̄ comme signifiant erubuit ; K. ajoute comme second sens irrubuit, que S. rejette. Cependant il semble que la seconde lecture de K. soit préférable à la première. Si l'on compare les signes suivants :

eruit ⌐̣   irruit ♭̣

erogat ⌐̣   irrogat ♭̣

on constate que le signe ♭̈ du ms 13

s'accorde mieux avec le sens de *erubuit*,
et le signe $\mathit{3}$ avec celui de *irrubuit*.

Il reste à constater, sans pouvoir l'expli-
quer, l'absence de boucle dans $\ddot{h}$; mais
il n'est guère plus aisé de justifier sa
présence dans $\mathit{3}$ [1]

4², l. 16. — *imperatores* $\overset{\sim}{\ }$ au lieu de $\overset{\sim}{\ }$ (K.)
   formé, comme le suivant, sur *imperium* $\sim$

6², l. 58. — *imperet* $\sim$ au lieu de $\sim$

---

[1] Il y a un autre signe pour lequel notre ms ajoute une indication utile à celles de K. et de S. :
c'est le signe $\mathit{2}$ 4², l. 28, qui signifie *congru-*
um . K. (p. 152,) donne à $\mathit{2}$ le sens de *congrus*,
mais propose comme sens meilleur *gonger*. Sch.
pl. 113, 7, adopte *congrus*, et, aux notes cite la
lecture *congruus* donnée par le lexique de Wolfenbuttel. C'est à celui-ci que notre ms donne raison,
bien qu'il semble étonnant de voir le radical de
congruus si différent de celui de *congruit*
($\mathit{3}$ S. 89, 79.)

5ᵛ, l. 69. — <u>inchoat</u> ⌇ au lieu de ⌇ (K. et S.)

4², l. 20. — <u>inferiorem</u> ⌇ au lieu de ⌇ ; formé sur ⌇ infra.

5ᵛ, l. 67. — <u>ingenio</u> ⌇ au lieu de ⌇ ; est abrégé de même dans le ms Berlin Meermann. Phillip 1824, pl. II ; formé peut-être sur ⌇ ingenuus.

4², l. 11. — <u>ludere</u> ⌇ au lieu de ⌇ (K. et S.)

7ᵛ, l. 25. — <u>noctem</u> ∞ cf. : ∝ <u>nox</u> (K et S) ∾ nocturnum (K.)

4², l. 43. — <u>optent</u> ♂ cf. : <u>optat</u> ′ɑ ♂ est formé sur le radical de ♂ optio. cf. : ϔ adoptat ; ϔ exoptat ; ϔ cooptat.

4², l. 11, 25, 26, 71, etc. — <u>pastor</u> ⅂ au lieu de ⅃ (K.) formé d'après <del>pascit</del> ⅂.

4ᵛ, l. 10 ; 6ᵛ, l. 56. — <u>pedes</u> (pl. de pes) ⌇ formé sur le radical de ⌇ pedes (=itis), et non sur pes ⌇ (K.) ou ⌇ (S.) ; à moins que le copiste n'ait pris la finale - pes ⌇ (S.) pour pes (pedis). Les dérivés de pes sont abrégés les uns avec le radical ⌇, les autres avec le radical ⌇.

4², l.76 et passim. — *qualiter* ⟨signe⟩ au lieu de ⟨signe⟩ (K.)

ou ⟨signe⟩ (S.); formé peut-être par analogie avec

⟨signe⟩ *taliter* (S) ⟨signe⟩ (S.) signifie *qualitercumque*

4ᵛ, l.40, 47. — *rubicundus* ⟨signe⟩ au lieu de ⟨signe⟩ (K et S.),

formé sans doute par analogie avec le suivant:

5ᵛ, l.67. — *ruborem* ⟨signe⟩ au lieu de ⟨signe⟩;

⟨signe⟩ signifie *robor*, p. *robur* (S.)

5ᵛ, l.15. — *similitudine* ⟨signe⟩ au lieu de ⟨signe⟩ *similitudo* (K.)

4², l.47; 5², l.29; etc... — *Virgilius* ⟨signe⟩ au lieu de ⟨signe⟩ (K.)

ou ⟨signe⟩ (S.) cf.: Notae Bernenses, 19, 25:

⟨signe⟩ *vigil.*

2° Éléments identiques disposés autrement.

4ᵛ, l.66. — *absolvite* ⟨signe⟩ au lieu de ⟨signe⟩ (K.).

5², l.56; 6², l.44. — Le même signe ⟨signe⟩ veut dire *absolute*.

4², l.57. — *captus* ⟨signe⟩ au lieu de ⟨signe⟩ (K.) ou ⟨signe⟩ (S.).

4², l.15 et passim. — *carmine* ⟨signe⟩ cf. *carmen* ⟨signe⟩ (K et S.)

5², l.22. — *exordia* ⟨signe⟩ au lieu de ⟨signe⟩ (K.).

5ᵛ, l.61. — *masculini* ⟨signe⟩ cf.: ⟨signe⟩ *masculus* (K.).

7², l.48. — *obtulit* ⟨signe⟩ au lieu de ⟨signe⟩ (K.) ou de

⟨signe⟩ (S.). cf.: 6ᵛ, l.69: *protulit* ⟨signe⟩ au

lieu de ⟨signe⟩ (K.)

4^v, l. 43. — _paries_ ⌐ au lieu de ⌐ (K.) ou ⌐ (S.).

4^2, l. 36. — _poematum_ ⌐ cf. : _poema_ ⌐ (K.).

4^2, l. 10, et passim. — _silva_ ⌐ au lieu de ⌐ (K.)

II. Dans une seconde catégorie se placent les mots, dérivés ou composés, abrégés par analogie avec des mots-racines que renferment les lexiques.

1° Dérivés.

4^v, l. 3. — _ablativus_ ⌐ ⌐ formé sur _ablatum_ ⌐

accusativus ⌐ — — _accusat_ ⌐

4^2, l. 41. — _agrestem_ ⌐ cf. : _ager_ ⌐

cf. cependant : _agrestis_ ⌐ (K.) ; ⌐ (S.) et dans qqs mss des Commentarii : ⌐

5^2, l. 3 ; 6^2, l. 13. — _conjunctio_ ⌐ presque formé sur ⌐ _conjungit_

5^v, l. 50. — _constructio_ ⌐ formé sur _construit_ ⌐

4^2, l. 26. — _custodem_ ⌐ formé sur _custodit_ ⌐

cf. cependant : _custos_ ⌐ (K.).

4^v, l. 12. — _electionem_ ⌐ formé sur _eligit_ ⌐

6^v, l. 42. — _mentio_ ⌐ formé sur _mens_ ⌐

5^2, l. 70. — _mirati_ ⌐ formé sur _mirum_ ⌐

5², l. 25. — nascuntur *🜀* formé sur natus *🜀*

     cf. cependant : nascitur *🜀* (K. et S.)

6², l. 53. — participium *🜀* formé sur particeps *🜀*

5", l. 39. — pluralis *🜀* formé comme pluribus *🜀* (K.)

     cf. Chatelain, Introduction, pl. VI, ms 334 de

     Montpellier, 3ᶜ mot en marge *🜀* pluraliter.

     Le même signe de pluraliter se lit aussi dans

     le ms. de Carlsruhe Aug. 69.

4", l. 19. — ponderosus *🜀* formé sur pondus *🜀*

5², l. 63. — possessivus *🜀* formé sur possidet *🜀*

     (Remarquer le d qui reste pour le radical de pos-

     sessivus.)

7², l. 30, et passim. — praepositio *🜀* formé sur prae-

     posuit *🜀*

4", l. 24. — promissio (litt. — cio) *🜀* formé sur

     promissus *🜀* (S.)

5², l. 72, 7", l. 5, etc... — septimum *🜀* formé sur sep-

     tem *🜀* Cf. cependant : septimus *🜀* (K. et S.)

4², l. 36. — tria *🜀* formé sur l'adv. ter . *🜀*

     2° Composés.

4², l. 42. — remanet *🜀* formé sur manet *🜀*

     cf. cependant : remanet *🜀* (K. et S.)

4², P. 53. — *resono* ⌐ formé sur *sonus* ⌐

III. Les mots suivants sont abrégés d'une manière fautive, soit par suite d'une simple confusion de termes, soit par dérivation non justifiée.

6², P. 19. — *cepit* est abrégé, ⌐, c. à d. comme *coepit*, au lieu d'être abrégé ⌐

4", P. 39. — *color* est abrégé ⌐, comme s'il était dérivé de la même racine que *colit* (*Color* n'est donné dans aucun des Commentarii.)

4ᵛ, P. 10. — *fortem* est représenté par ⌐ comme s'il se rattachait à *fortis fortuna* ⌐ (K et S.) (*Fortis* ne figure pas dans les lexiques.)

4², P. 29 et 63. — *lectori* est abrégé ⌐ comme appartenant à la même famille que *lectus, -i*, le lit : ⌐. Abrégé sur *lectus* ⌐ de *lego*, *lectori* serait ⌐

5², 78, 79. — *liber* (*libri*) est confondu avec *libra, -ae*; de là *libro* ⌐ sur *libra* ⌐ au lieu de ⌐

4² P. 22. ... *misericordia* est abrégé par ⌐ que

les lexiques donnent pour _miseria_, au lieu

d'être formé sur _misericors_ ℳ. (Ex.: Chate-

lain, Introd. à la lect. des n. tir., p. 208, l. 2-4 ℳ)

5 v, l. 66. _ _notu_, de _notus_, est abrégé ⁱↄ, c.à.d. sur le radi-

cal de _nomen_ ⁱↄ (ou par analogie avec _notat_

⁻ↄ) au lieu de I∿ (K.) ou I∿ (K. et S.)

4 v, l. 38 ; 6 v, l. 36. _ _ornat_ est abrégé ↄ, _ornatus_ ↄ ,

c.à.d. avec les signes de _onerat_ et _onustus_, au

lieu de i᷒ et i᷒ .

4², l. 36. _ _tenuis_ est abrégé ⁊ᵘ sur le radical de

tenet ⁊ᵘ (cf. _tenax_ ⁊ᵘ) au lieu de

⁊ (K.) ou ⁊ (S.).

IV. Finales.

Souvent très déformées ou de proportions

exagérées, les finales donnent lieu à des observa-

tions sur leur composition et sur leur place.

1° Finales plus complètes ou plus claires.

4ᵛ, l. 24. _ _ambo_ /₃ au lieu de /

4ᵛ, l. 3 . _ _gloriosus_ ʠˢ au lieu de ʠ

4², l. 20. _ _natus_ ꝫᵗ au lieu de ·ꝫ

4², l. 51. _ _quanquam_ ꝑ au lieu de ꝑ˙

Passim. — quidam 9ᵴ. au lieu de 9. (Le même fait se

retrouve en d'autres mss., par ex. dans le Ber-

lin Phillip 1824.)

4ᵛ, l. 18. — sapiens ⟨⟩ au lieu de (si bien que

⟨⟩ = s·n·ens)

5², l. 45. — totius ꝋᵇ au lieu de ꝋ

Dans les 6 premiers de ces exemples, le point est rem-

placé par une finale plus claire. Dans ceux qui

suivent et que l'on pourrait multiplier, il y a

plus d'une syllabe finale d'abrégée: [1]

6ᵛ, l. 59. — habuisse ⟨⟩ au lieu de ⟨⟩

nominativus ⟨⟩ au lieu de ⟨⟩

5ᵛ, l. 67. — nefario ⟨⟩ au lieu de ⟨⟩

4ᵛ, l. 35, 36. — pulcherrima est abrégé ⟨⟩ et ⟨⟩

4², l. 63. — similitudine ⟨⟩ (similitudo: ⟨⟩)

      2° Finales ajoutées à des radicaux qui

dans les lexiques n'en sont pas suivis.

5², l. 26, 51. — continet est abrégé une fois ⟨⟩ et

l'autre fois ⟨⟩

4ᵛ, l. 18. — nocens ⟨⟩ au lieu de ⟨⟩

oportet ⟨⟩ au lieu de ⟨⟩

_____

[1] Comme dans le psautier de Wolfenbuttel et quelques
autres mss.

3° Finales de forme inusitée.

4², P. 40. — -bor ʒ̩ au lieu de ʒ (dans meditabor)

4ᵘ, P. 13. — -dam ʂ au lieu de ʂ. (dans referendam)

5², P. 37. — -ens ʠ au lieu de ʃ (dans fiens)

6ᵘ, P. 62. — -ans ʠ au lieu de ʃ (dans abundans)

4² ℓ10
5² ℓ.18
5² ℓ.65
5ᵛ ℓ.39 } — is ⌐ au lieu de ⌐ (dans {
5ᵛ ℓ.61
5ᵛ ℓ.62
7ᵛ, 24

cf. : his ⌐

{ humilis)
ignis)
verbis)
pluralis)
vocalis)
id.)
finis) }

4° Finales placeés d'une manière non conforme à l'usage tel que le montrent les Commentarii

4ᵛ, P. 71. — comprehendite 2ᵀ cf. : comprehendit ʒ̩ (K.)

5ᵛ, P. 18. — diluvium ᘐ cf. : diluvies ᘐ (K.)

(diluvium d'ap. les C.N.T. publiés par Schm.
a un radical différent ᘐ et ᘐ̃ (S. 73,
596; 124, 39; 127, 20.)

7ᵛ, P. 7. — dulcis ᘐ au lieu de ᖿ (K.)

4², ℓ. 15. — Romana ⌒ cf. Romanus ⌒ (K.)

4², P. 35, et... — scribere ʂ̃ cf. (K.) : ʃ̃ et ʂ̩

4ᵘ, P. 4. — somnus ʂ̩ cf. (K.) : ʂ̩ et (S.) ʂ̃

4ᵛ, P. 58. — sponte ʂᵖ cf. (K. et S.) : ʂᵖ

4ᵛ, P. 66. — sufficit ᘐ ; signifierait, d'après Kopp,

— _Manuscrit 13 de Chartres._ —

sufficit; dans le ms; le sens exige _sufficit_,

que les C. N. T. (22, 40 i) autorisent

d'après le guelferbytanus.[1]

5° Finales fautives.

4ᵛ, ℓ. 16. — ~. signifiant _-ret_ (~ d'ap. le bon usage)

4ᵛ, ℓ. 43. — ~.   —   _-rent_ (~ – – – – –)

6², ℓ. 5. — même constatation.

id . — 3. signifiant _-bat_ (3 d'ap. le bon usage)

Passim. — _tamen_ est abrégé ꝰ. au lieu de ꝰ.

ꝰ. signifie d'ordinaire _et tamen_. Cepen-

dant, dans le ms, il semble être l'équivalent

du simple _tamen_; car 1° au folio 4², ℓ. 54,

56, 58, il est employé pour exprimer le

tamen du vers de Virgile (VI, 9) : ... si

quis _tamen_ haec quoque, si quis...

2° au folio 7², ℓ. 36, ayant à écrire "et ta-

men", le scribe abrège _et_ seul : ꝰ tamen,

l'eût-il fait, s'il avait eu à sa disposition

un signe pour ces deux mots ?

~~~

---

[1] ꝰ représente également _sufficit_ dans le Vat. 846, 99 vᵒ, col.
ant., ℓ. 20. (Miscellanea publiés par Schmitz, p. 10.)

VII

Particularités tironiennes du Bernensis 611.

1.° Le 611 de Berne et le lat. 10756 de notre Bib. Nat. étant les deux parties, aujourd'hui séparées, d'un même manuscrit, on ne s'étonnera pas de rencontrer dans l'un comme dans l'autre les finales -ant et -unt abrégées ainsi : ⟨ et ⟨ au lieu de : ⟨ et ⟨. La finale -ent abrégée : ⟨ au lieu de : ⟨ ne figure pas dans le folio du Bern. 611 que nous publions, mais se trouve dans le B. N. 10756 fol. 68 ͬ (cf. Chatelain, Introduction ..., p. 226-229 et planche XII.)

2.° De même le mot agnus est abrégé dans le Bern 611, fol. 91 v.°, l. 20, et dans le B. N. 10756, fol. 68 ͬ, à gauche, l. 15 et 16, de la même manière, non conforme à la leçon des Comm. entarii que nous possédons :

⟨ (B. 611) ; ⟨ (B. N. 10756) au lieu de : ⟨ (K. et S.)

Peut-être y a-t-il eu confusion du scribe, qui a pris, au lieu du signe d'agnus, celui de angulus ⟨ (K. et S.). Kopp donne aussi à ⟨ le sens d'astrologus, que les C. N. T. présentent en regard du signe ⟨∿⟩ .

Et ce même radical ⟨⟩ le scribe donne un autre sens, dans le B.N. 10.756, fol. 68 r°, à gauche, l.
19, où le signe ⟨⟩ paraît bien signifier ag-
mina, alors que agmen s'abrège ⟨m⟩. (K. et S.)

3.° Le 611 de Berne présente quelques radicaux ir-
réguliers :

l. 8.- caveantur, qui est ajouté en clair au-dessus,
est abrégé ⟨⟩ cf. K. 53 : ⟨⟩ cavet (S. $_{43,22}$; B.).
l. 18.- considerat ⟨⟩ au lieu de ⟨⟩ (K. et S.).
Ce radical ⟨⟩ est celui de considit ⟨⟩ (K. et S.)
l. 20.- evangelista ⟨⟩ ; cf. K. : ⟨⟩ et S. : ⟨⟩ ou ⟨⟩ .
l. 27, à la fin.- Columbae se devine parce qu'il ter-
mine une maxime bien connue, mais le signe
est irrégulièrement formé, si bien que la dé-com-
position même en est incertaine ; nous y voyons
un signe co 6 mêlé à un b 3 : ⟨⟩ .
L'abréviation régulière est ⟨⟩ (K. et S.), dans laquelle le signe co prolongé vers le bas sert de
support au b et évite la confusion des
courbes.

4°. Quelques finales sont placées autrement que dans les C.N.T. Ex.: l. 6 et 14, officium ɔ̓ au lieu de ɔ̓ ; l. 12, erubescunt ƺ cf. K.: erubescit ƺ .

D'autres sont mal formées; ex.: humano (l. 12) ɕ̃ au lieu de ɕ̃ .

Mais la plus curieuse par sa forme insolite est la finale -mus, qui, au lieu d'être abrégée ꞷ, a le signe, tout à fait étrange : ꞁ .

On la rencontre, sans erreur possible, l. 8 dans ꞁ̓; l. 22 dans ɛꞁ et ꞷꞁ; l. 23 dans ƺ et ꞁ (dicimus, sumus; volumus ; sumus ; possumus.)

Il n'y en a aucun exemple dans les folios du B. N. 10756 que M. Chatelain a publiés; mais, ni dans ce dernier ms, ni dans le Bern. 611, n'apparaît l'abréviation régulière ꞷ.

Par quelle erreur le sens de -mus a-t-il été attribué à un signe qui signifie d'ordinaire -ra ? Nous en proposons un essai d'explication qu'autorisent les confusions fréquemment constatées chez les scribes tironiens. La finale -remus, qui régulièrement devait être abrégée ainsi : ꞁ a pu être un jour remplacée par le radical de

7. remus (la rame), ou 7 Remus (frère de Ro-
mulus), ou 7 Remus (la Rème), et figurer
par suite dans des formes verbales comme
diceremus 7 ; puis être lue _mus, et non
plus _remus par un scribe inexpérimenté et
de là être transportée ailleurs avec le sens de _mus,
les scribes ne songeant, à ce qu'il semble, que
bien rarement à décomposer les signes qu'ils
employaient.

---

(1)

---

(1) Emprunté à une charte de Limoges.

www.ingramcontent.com/pod-product-compliance
Lightning Source LLC
Chambersburg PA
CBHW060434260626
47161CB00005B/1921